KB016559

아릿한 포옹

아릿한 포옹

황예지 산문

아침달

목차

I

죽음의 계보 9
몽콕 스테이션 15
낸 골딘처럼 23
넘나드는 사람들 29
엄마 관찰기 39
상담실 45
얼굴들 51
Crying Pics 55

II

추위 67
어떤 우정 71
데이트 77
우울하고, 어린, 여자 83
잠 93
돌, 기림, 세월 99
작은 공간 103
현지와 예지 109

다음 날 115
아라키 노부요시를 좋아하세요? 121
무형의 운동장 129

III

절망 137
일어나면 아침이다 141
꿈 노트 147
연속성 151
은은한 가난과 사진 163
상실사진 171
낭독회 185
홍콩에서 쓴 편지 189
내가 한없이 작고
나를 감싼 것은 하염없이 클 때 199
엉성한 출구 207

맺음말 211

I

죽음의 계보

사진을 배울 때, '사진의 역사'라는 과목은 내게 가장 곤욕스러운 시간이었다. 역사라는 단어가 가진 위엄에 짓눌린 것도 있었고 사진이 예술로 인정받기까지의 지난한 과정이 썩 유쾌하게 느껴지지 않았기 때문이다. 우리나라에 사진술이 처음 유입되었을 때, 사람들은 영혼을 빼앗길까 노심초사하고 사진기를 흉물로 보았다고 하는데 딱히 틀린 말도 아니다. 이제는 예술인가, 아닌가 말하는 것이 무용할 만큼 사진은 융숭한 인정을 받으나 나는 그 낡은 논의가 사진의 뿌리를 제법 잘 보여준다고 생각하는 편이다. 사진을 하면서 이상한 환멸감이 찾아올 때마다 내가 읽고 보았던 사진의 역사에 대해, 과거의 증상에 대해 복기한다.

사진의 역사가 담긴 책을 들여다보면서 처음으로 동요했던 순간은 최초의 셀프 포트레이트라고 불리는 이폴리트 바야르Hippolyte Bayard의 사진을 보았을 때다. 지금은 사진으로 자신의 모습을 담는 게 특별한 일도 아니지만 사진을 바깥을 들여다보는 도구나 화학 실험 정도로 대하던 발명 초창기에는 제법 놀라운 발상이었을 것이다. 사진기 앞뒤를 넘나드는 행위만으로도 그 사진은 인상적이지만, 나는 그 사진에 감정이 실려 있다는 점에서 특히 매력을 느꼈다. 눈감고 벽에 기댄 남자의 초상을 담은 그 사진은 이폴리트 바야르가 자신이 최초의 사진법을 선점하지 못한 것에 대한 억울함을 호소하는 사진이다. 이폴리트 바야르는 '알부민 글라스 온 타입Albumin Glass on Type'이라는 달걀흰자를 이용한 종이 사진법을 연구하고 완성하였으나 정부의 권유로 발표를 미뤘다. 그사이 프랑스 정부와 다게르가 은판 사진법인 '다게레오타입daguerreotype'을 공표했고, 다게르가 최초의 사진이라는 온전한 명예와 권력을 차지한다. 자세한 내막은 알 수 없으나 달걀과 은의 싸움이라는 점에서 이폴리트 바야르가 불리했으리란 생각이 문득 스친다. 권력과 자본이 쉽게 동맹을 맺는다는 건 누구나 알고 있는 일이니까 말이다.

"당신이 보고 있는 시체는 방금 본 사진의 발명가인 바야르 씨의 시체입니다. 내가 아는 한, 이 지칠 줄 모르는 실험자는 그의 실험에 약 3년 동안 몰두해왔습니다. 다게르 씨에게 관대했던 정부는 바야르 씨를 위해 아무것도 할 수 없다고 말했고, 불쌍하고 가련한 이 신사는 스스로 익사했습니다. 오, 인간의 삶, 그 변덕이여…! 그는 며칠 동안 영안실에 있었지만 아무도 그를 알아보지 못했습니다. 신사 숙녀 여러분, 이 신사의 얼굴과 손이 썩어가기 시작했으니, 냄새가 두렵다면 지나치는 게 나을 겁니다."

바야르는 사진 안에서 죽음을 연기했고 그 뒤에 위와 같은 글을 덧붙였다. 나는 좋은 예술을 판단하는 기준에 저항심을 넣어볼 때가 있는데, 그 기준에서 이 사진을 본다면 완벽에 가까운 사진이 아닐 수 없다. 나는 그가 배우가 되어 죽음을 연기하는 것도 좋았고, 항의하는 마음을 찍었는데도 불구하고 초연하고 인자한 표정을 짓고 있는 것도 좋았다. 제3자가 되어 마치 희곡과 같은 글을 적어 내린 것도 무척이나 좋았다. 사진의 역사를 배우는 시간 동안 전쟁 사진이나 고발 사진을 찍은 사진가들이 영웅처럼 각광받았지만, 내겐 자신의 남루함을 사진으로 표명하고 떠나버린 이폴리트 바야르가 더욱 반짝였다.

그가 사진 안에서 죽기로 결심하기까지 얼마나 비참한 시간을 보냈을지 나는 가늠할 수 없다. 나는 우울감으로 인해 죽음과 일정 부분 동기화된 채로 청소년기를 보냈고, 사진을 배울 당시에도 그 결속력이 있었기에 이폴리트 바야르에게 강하게 끌렸을지도 모르겠다. 사진집에 출력된 그의 죽음을 만지작거렸다. 그는 죽음이라는 형식을 사진에 넣을 수 있다는 것, 그 형식으로 나를 잠시간 훼손하면서 최대한으로 진실할 수 있다는 것을 알려준 사람이다.

나는 언제고 삶보다는 죽음을 해석하는 쪽에 가까웠고 죽은 자에게 말을 거는 것에 이끌렸다. 마음먹고 없앤 나의 첫 번째 포트폴리오에는 내가 사진마다 죽음을 연기하고 있었다. 여성들이 연거푸 살해당하는 것이 의아했고, 죽음의 연속성에 질문을 던지고 싶었다. 죽음을 재현하고 이 죽음들이 단일한 사건이 아니라는 것을 보여주고자 했다. 하천에서, 산에서 넘어지고 죽었다. 죽음을 필름에 담고 현상, 인화……. 찰박이는 물에 꺼냈다. 죽음을 물에 내놓으면서 정지가 아닌, 움직임을 갖고 다른 국면을 맞이하길 바랐다.

이제는 학생 신분을 떠나 작업자가 되었다. 그때보다 나이 들었지만 용감함은 줄었다. 시간은 흘렀고 여전히 그런 일들은 비일비재하게 일어나고 있다. 어리숙함과 같은 용감함이 저문 탓에 발언하기를 망설일 때가 많지만, 나는 지금도 이폴리트 바야르가 내게 보여준 저항의 추동을 믿는다. 나약하고 편협한 생각이 들 때면 사진 안에서 죽어 있는 그의 모습을 복기하곤 한다. 죽음의 계보, 죽음을 쓰다듬다가 죽음으로 갈 수 있는 삶이길 바라며.

몽콕 스테이션

비행기 안의 건조함은 살갗을 깊게 파고들고 있었다. 잠에 빠져 고개가 비스듬히 꺾인 사람들이, 스크린이 뿜어내는 빛의 잔해들이 보였다. 홍콩을 향하는 비행기를 결제하고 탑승하기까지 왜 내가 이곳을 향하고 있는지에 대한 의구심이 숨 막힐 정도로 나를 괴롭혔다. 언제나 그랬듯이 방 안에 누워서 스크롤을 내리며 뉴스 기사, 가십들에 현혹되고 있었다. 금세 지루했다. 홍콩 민주화 운동의 한 장면, 거대한 무리 사이에 홀로 대립하고 있는 한 사람의 사진을 보게 되었고 내게 큰 균열이 일어났다.

문득 그곳에 가야겠다는 생각이 들었다.

사진을 배우고 익히면서 대립하는 사진을 많이 접하곤 했다. 전쟁 사진 속 아이들은 울면서 나체로 달리고 있었고, 총을 맞은 군인은 비스듬히 몸이 꺾여 있었다. 입자가 거친 화질 때문인지 그 사진을 바라볼 땐 내

황예지, 〈홍콩〉(2019)

일처럼 느껴지지 않았다. 한 차례의 정서적 동요 외에는 특별한 감상이 남지 않았다. 분단국가에 살고 전쟁의 잔해 안에서 매일 눈뜨고 눈을 감으면서 말이다. 타임라인을 타고 흘러 들어오는 국가 폭력과 전쟁의 이미지를 보면서도 내 손가락은 화면에서 미끄러졌다. 무엇을 해야 할지 모르겠으니까. 그리고 오로지 내 편리함을 사수하기 위해서였을 거다. 편리는 어느 순간 편협으로 진화했고, 편협은 협소를 불러왔다. 거울 속이나 스크린에 비친 내 모습만을 보다가 나라는 우물에 움푹 빠져서 영영 나오지 못할 수도 있다는 사실을 불현듯 체감했다.

내 주변에는 지독하게 피곤해 보이는 사진가가 몇 있다. 그들은 자신이 지켜야 하는 가치를 위해 삶의 한 부분을 희생하기도 한다. 나는 그 사람들의 지독함을 존경하지만, 그 사람들처럼 눈을 감지 않고 바라보겠다는 본능적이고 날 선 의지가 꿀꺽 삼켜지지는 않았다. 선연하게 느껴지는 그들의 피로, 우직함 사이에서 방황과 실언을 하며 시간을 쌓았다. 후배들을 챙어지고 지내는 한 선배에게 홍콩에 가겠다는 결심을 전했다. 뾰족한 질문을 할 수도 있지 않을까 위축되어 있었는데, 선배는 현장 경험 없이는 위험할 수 있다고 안전

황예지, 〈홍콩〉(2019)

을 당부하며 목에 거는 프레스 카드를 발급해주었다. 동행할 수 있는 사진가들을 소개해준 덕분에, 그들의 도움을 받아 비행기 티켓, 헬멧과 방진 마스크, 형광 조끼를 구매했다. 나는 홍콩이라는 투쟁지에 가게 되었다. 이제부터 질문도, 대답하는 것도 나의 몫이었다.

비행기 안에서 졸다가 눈을 슬며시 뜨면 혼자가 아니라는 사실에 안심했다. 착륙하고 숙소로 이동하는 길 버스 창문을 바라보았다. 부서진 신호등과 경찰을 욕하는 낙서들, 유리 부스러기가 어지럽게 섞여 있었다. 태풍의 눈 속에 있는 것처럼 고요했는데 미처 헤아릴 수 없는 지난함이 느껴졌다. 선뜻 나와의 동행을 수락한 두 명의 선배는 내가 무지한 질문을 해도 싫어하는 내색 없이 대답해주었다. 역사와 정세, 내가 누락한 정보들을 실시간으로 공유해주었다. 이들에게는 투쟁이라는 감각으로 공고하게 쌓인 경험, 자신의 또렷한 가치관이 있었다. 나는 그들의 힘을 받고 함께 오래 걸으며, 마주하는 장면을 바라보았다.

우리는 몽콕역 근처의 숙소에 머물렀다. 몽콕역 주변에는 쇼핑몰, 작은 상점들이 뒤섞여 있었고 유동인구가 많았다. 숙소 올라가는 길은 삐그덕거리는 철문, 엘리베이터를 지나야 했다. 내가 생각한 것보다 스치는 건축물, 문의 너비가 좁았다. 왕가위 감독이 담아낸 주인공과 정서적으로 뭉근하게 교류하고 내달리는 행위만 해봤지, 나는 홍콩을 몰라도 너무 몰랐다. 숙소 거실은 각자의 촬영 장비와 신체를 보호할 도구들로 가득했다. 낯선 나라에서 친구들과 나를 꾸며주는 옷가지를 너저분하게 전시한 적은 있지만 이런 종류의 더미를 만들어본 건 처음이었다.

도시 곳곳에서 시위가 일어나고 있었다. 행진하고 노래를 부르며 끝나는 시위도 있었고, 거리의 기물을 부수고 바리케이드를 세워 경찰과 대립하는 시위도 있었다. 내가 촬영에 임하기 시작할 때는 한 여중생의 시신이 바다에서 떠오르고, 한 남자 대학생이 주차장에서 추락해서 사망한 사건이 일어난 뒤였다. 또, 인도네시아의 기자가 경찰이 쏜 고무탄에 맞아 실명하고 홍콩 이공대 학생들이 대거 체포된 뒤였다. 격렬한 분노와 숙연한 애도가 뒤섞여 있었다. 경찰들이 거세게 진압한 프린스 에드워드역 출구 앞에서는 추모가 이어졌다. 시민들이 추모하고 헌화를 하면 경찰은 그 현장을 조속히 제거했다. 국화 잎이 경찰의 신발에 짓이겨졌다.

2019년 11월 30일, 몽콕역 주변에서 경찰과 시위대가 충돌했다. 최전방에는 수많은 청소년이 있었다. 검은 옷을 입고 모자를 눌러쓰고 자신의 신변을 감추기 위해 마스크를 쓰고 있었다. 내가 감각할 수 있는 건 그들의 눈, 움직임뿐이었는데 치기 어림 사이에 맹렬함이 퍼졌다. 묵직하게 사안을 응시하고 있는 어린 소년을 보았고 잠시 머리가 하얘졌다. 은연중에 나는 이런 눈빛에 큰 빚을 지면서 살아왔다는 걸 알아챘다. 경찰이 무장한 상태로 시위대를 밀고 들어왔고 앞으로, 뒤로 움직였다. 수적으로 우세한 경찰들의 발소리, 확성기 소리, 사격 경고 깃발……. 자정이 넘어가니 눈에 띄게 시위대가 뒤로 밀리고 있었다.

전방에 서서 밀고 들어오는 경찰을 바라보고 사진을 찍었다. 경찰은 강한 전등으로 취재하는 이들의 눈을 괴롭혔다. 그곳에 빛이 있었다. 으르렁 소리를 닮은 위협의 빛. 수많은 경찰을 프레임에 담으며 뒷걸음질쳤다. 거리의 네온사인이 뒤섞여 꼭 증강 현실 게임 이미지처럼 입력되었다. 피식 웃음이 나기도 했는데 그 느낌이 기묘하고 무척이나 껄끄러웠다. 즐거움을 기반한 웃음이 아니라 비현실적인 경험과 위협이 만들어낸 신체 신호였다. 절망 혹은 절정에 가까운 그 장면이 어떤 방식으로든 쾌락이라는 사실을 부정할 수 없었다.

새벽 세 시에 가까워진 시간이 되어서야 시위는 해산됐다. 쓰레기가 휘날리는 거리에서 시위대와 취재진 몇몇이 서성이거나 담배를 태우고 있었다. 나는 길끄트머리에 앉아 선배들과 소회를 정리했다. 물대포를 맞아 사진기가 고장 나버린, 화염병을 만들고 던지는……. 현장 경험이 풍부한 그들은 넋이 나간 나를 달래주었고 얕은 농담을 보태었다. 맥주 한두 잔을 하고 각자의 자리로 돌아가 하루의 촬영본을 정리했다. 대치가 이루어졌던 몽콕역 몇 미터 지나지 않은 숙소에서 젖은 머리를 대충 말리고 침대에 누웠다. 나는 나의 편안함과 껄끄러움에 대해서 생각해야 했다. 하지만 강렬한 피로에 휩싸여 금방 잠에 빠져들었다. 그다음날 아침, 정리가 되지 않은 채 헬멧과 방진 마스크, 사진기를 몸에 매달고 거리에 나갔다.

낸 골딘처럼

나는 탁 트인 전시 공간보다 숨소리가 작게 들리는 방이나 도서관에서 사진을 감상하는 걸 선호하는 편이다. 음식점이나 카페에 앉아 있을 때든, 언제든 새로 들어오는 사람이 있으면 쳐다보는 습관이 있는 나로서는 전시장이 사진 보기에 적합한 장소가 될 수 없다는 것이 그리 놀라운 일은 아니다. 전시 보는 걸 썩 즐기지 않는다는 걸 알고 놀라움을 금치 못하는 사람들이 몇몇 있었다. 사진작가가 전시 보는 걸 즐기지 않는다니. 사진이 창작이자 하나의 노동이라는 것을 깨달은 뒤로 고집스러운 생각들이 부드러워졌다. 전시라는 장소성을 열어두며 익히고 있고, 내 사진이 어떤 방식으로 사람들과 교류의 지점을 찾아야 고유한 언어 같을지 고민한다.

사진과 내가 밀접해지기 시작한 건 사진이 가진 특유의 폐쇄성 때문이었다. 사진기의 프로토타입으로 불리는 카메라 옵스큐라는 까만 방에서 시작되었다. 카메라 옵스큐라는 까만 방 천장이나 벽에 작은 구멍을 뚫어 반대쪽 하얀 벽이나 막에 옥외의 상을 맺히게 한다. 까만 방에서 세상을 표현하는 새로운 능력을 찾은 것이다. 그 원리를 사용해 최초의 사진을 촬영한 조제프 니세포르 니엡스Joseph Nicéphore Niépce의 사진은 사람이 아닌, 적요한 도시 풍경이 담겨 있다. 도시는 드넓으나 그곳에 사람이 사는 것 같지 않아 보인다. 지금처럼 재빠른 셔터 스피드를 확보할 수 없었기에 인물이 촬영되기 어려웠다는 걸 알지만, 나는 그 사진에서 보이는 쓸쓸함이 유난히도 흥미로웠다. 명백한 오독일 수 있으나 감상은 한 개인의 감정이 크게 침입하는 일이다. 사진이 쓸쓸함을 짚고 넘어가는 매체이길 원했던 걸지도 모르겠다. 고립감에 몸이 굳을 때면 나는 깜깜한 방 안에서 누군가가 잘 만들어놓은 창작물로 몸을 내던졌다. 주변에 있는 현실은 흐려지고 위대한 창작자들의 세상에서 새로운 배역으로 연기할 수 있었다. 그곳에서 나는 그 어느 때보다 무사했다. 그 시간이 끝나지 않길 바랐고 영화를 연달아 보고 사진을 수십 장, 수백 장씩 보고 지쳐서 잠들었다.

그 행위에서 강렬한 균열을 맛본 날이 있다. 여느

때처럼 웹페이지의 스크롤을 죽죽 내리면서 사진 작품을 찾아보고 있었다. 한 여성이 사진 안에서 멍이 든 얼굴을 하고 충혈된 눈으로 카메라를 직시하고 있었다. 얼굴에 난 흠집으로 인해 인물을 유약하게 볼 수도 있으나 눈빛이 동정의 실마리를 단 하나도 남기지 못하게 했다. 맹렬하게 싸우고 난 뒤, 무언가를 지킨 맹수의 눈빛이었다. 나는 사진작가의 이름과 제목을 찾아보았다. 그 작품은 낸 골딘Nan Goldin의 〈구타당하고 한 달 뒤의 낸Nan One Month after Being Battered〉(1984)이었다. 연인에게 구타를 당하고 난 뒤 카메라를 앞에 두고 찍은 셀프 포트레이트였다. 뒷골이 아렸고 정체 모를 쾌감이 몰려왔다. 엉망인 자신의 얼굴을 지조 있게 찍을 수 있다는 사실에 감탄했다. 저런 류의 직시라면 그 어떤 일도 부끄러워하지 않으면서 수면 위로 드러낼 수 있을 것 같았다. 나는 낸 골딘의 사진을 열렬히 찾아보기 시작했고 그 사람이 사진으로 드러낸 것들을 좌표로 삼았다. 낸 골딘은 본인과 자신의 친구들, 그러니까 퀴어, 중독자, 에이즈 환자 등 차별과 폭력에 좌초되기 쉬운 이들을 오랫동안 촬영했고 그 사진을 정상성과 자본에 도취된 미국 사진계에 던졌다. 그 사진들은 불씨에 가까웠을 것이다. 낸 골딘의 사진을 용기라고 부르는 건 경솔한 감이 있다. 그 사진들이 위대했던 건 사진에 등장하는 한 사람 한 사람이 취약할지라도 일상을 영위하고 있다는 사실 때문이다. 밤바다를 수영하고, 잉태하고, 거울을 들여다보고, 자신이 앓고 있는 질병과 다투고, 사랑하고 있다. 다분히 보통날들이 담긴 사진이다.

　내 골딘의 사진에서는 약자, 피해자라고 불릴 만한 사람들, 낸 골딘 본인까지도 동정할 필요가 없다. 아니, 오히려 그들을 우러러보게 된다. 당사자가 누구보다 그 사실을 직시하고 있기 때문이다. 권력을 가진 이들이 그 사진들을 본다면 불편함을 느끼고 밀려나지 않을까. 낸 골딘의 사진에는 그런 힘이 있다. 노년에 가까운 지금까지 적당한 조소로 공식 석상에 오르고 여전한 스타일로 사진을 찍고 있는 낸을 보면 괜스레 든든한 마음이 든다. 저렇게 익살스런 조소를 띄우며 힘을 잃지 않고 투쟁하고 보호할 수 있다면 나도 하고 싶었다. 누군가의 보통날을 보는 일, 누군가가 보통날을 빼앗기게 두지 않는 일을.

　그러려면 까만 방을 찍어야 했고, 까만 방에서 나와야 했다. 방 안에서 수년 동안 약하다고 생각했던 내 얼굴을 집요하게 찍었다. 셔터를 반복해서 누르니 우울하고 처연한 표정이 맹렬함을 되찾아갔다. 다음에는 병과 우울을 방치하거나, 그것과 싸우고 있는 나의 가족을 찍었다. 내가 그토록 원망하고 저주하던 사람들이 사진 안에서 잘 살아 있었다. 나를 사랑한다고 말하고 그 누구보다 생과 치열하게 싸운 잔흔을 보여주었다. 내가 곤혹스러운 점은 자신들을 피사체 삼아 사진 찍는 걸 응하고 지지하는 거였다. 나는 가족들이 씻고, 오줌 누고, 수술 뒤에 정신 못 차리고, 죽고 싶다는 마음을 숨기는 장면을 촬영했다. 나는 사진으로 당신들을 존중하지 않거나 때릴 수 있고, 남루함을 전시할 수도 있는데 왜 나를 믿는지 의아했다. 지금은 알겠다. 그 모습이 우리의 보통날. 사진을 하나하나 찍으며 함께 시간을 건너고 있었기에 믿어주었던 거다.

도처에 차별과 폭력이 널려 있고, 폭력 앞에서는 누구 하나 무결하지 않다. 그렇기에 우리는 부끄러워야 한다. 폭력이 점층적으로 가까워질 때면 보기만 해도 피부가 아리는 그녀의 셀프 포트레이트를, 그 시기 그녀가 가진 태도를 떠올린다. 내가 겨루면서 찍은 나의 가족사진을 떠올린다. 까만 방에 있다가도 존재를 드러내어 보이는 것이 사진의 생장이다. 그렇다면 나는.

넘나드는 사람들

잠들기 직전과 일어난 직후에 하는 행위가 사람의 하루와 기분에 막대한 영향을 끼친다고 한다. 나는 잠들기 직전 핸드폰 스크린의 스크롤을 내리며 사진을 보고 일어나서도 사진을 본다. 사진 중간에 잠이 겨우 끼워져 있고 그 탓에 꿈은 여러 장면으로 얽혀 산만하다. 가깝게 지내는 지인들은 필요한 정보가 있을 시 망설임 없이 나를 찾는다. 가령 모델이 필요하다거나 음식점을 찾는다거나 작가를 찾을 때다. 나는 그들에게 수많은 보기를 만들어 정보를 건넨다. 내가 사진을 보는 것에 과도하게 집착하고 있다는 걸 여러 가지 이유로 체감하고 있었다. 사진의 생태계를 이야기하기 전에 내 보관함 먼저 대대적인 정리정돈이 필요한 시점이었다. 이미지가 범람하는 현재에서 이미지를 어떻게, 어떤 속도로 영위하는 게 바람직한 걸까 고민이 들었다.

처음 도입한 건 이미지를 접하는 소셜 네트워크

플랫폼 사용 시간에 제약을 거는 일이었다. 스크린 내부의 일이 궁금하고 뒤떨어지는 느낌이 들어서 안절부절못할 때도 있었다. 고작 몇 센티도 안 되는 기계를 내려놓으니 내가 성숙하게 처리할 수 없는 지루함이 몰려온다는 게 가히 충격적이었다. 중독은 사람으로 하여금 미성숙한 모습을 채굴하는 영리한 재주가 있었다. 다음으로는 지루함을 느끼는 시간에, 내가 과거에 놓고 온 일들을 채워 넣기로 했다. 책을 읽고 영화를 보고 요리를 하는, 느린 시간이었다. 집중한 시간에서 튕겨 나오는 걸 꾹 참으니 가슴이 울렁이는 감동을 오랜만에 느꼈다. 내가 복원하고 싶은 세계가 조금씩 형상을 드러냈다. 재미가 들린 나는 현재 시제와 먼 작업물을 찾아보았다. 흑백의 텁텁함을 마주하니 시큼한 냄새가 나의 코끝을 간지럽혔다. 약품 냄새에 절여지는 줄 모르고 흑백 암실 작업을 하던 과거의 내가 현재로 이송되고 있었다. 덩달아 그 시기에 나를 울린 사진들이 내게 다가와서 말을 걸었다.

사진을 배우면서 내가 지루함을 느꼈던 과목은 앞서 다뤘던 '사진의 역사'였다. 보먼트 뉴홀Beaumont Newhall이 쓴 『사진의 역사』를 훑는 수업이었다. 그 책은 사진의 발명 초기와 사진술의 발전, 전쟁 사진과 사회 고발 사진을 거쳐 컬러 사진, 뉴 다큐멘터리 사진이 자리 잡는 과정을 담고 있다. 교수들은 피로한 심령술사의 얼굴로 과거의 사진작가를 불러냈다. 주로 로버트 카파Robert Capa나 윌리엄 클라인William Klein과 같은 호남형의 백인 남성이었다. 나는 유독 교수들의 호명을 빗겨 나간 사진작가의 사진을 좋아했다. 위대함을 위대함으로 삼는 것이 아니라 무엇에 저항하거나 자신의 남루함을 위대함으로 승격시키는 사진들이었다. 내가 제일 아끼는 사진은 앞서 다뤘던 이폴리트 바야르의 〈익사자의 자화상〉(1840)이었다. 그 사진은 바깥을 바라보는 도구로 다뤄진 게 아니라 촬영자의 감정을 표현하며 그 자신의 모습을 드러냈다는 점에서 선구자적인 태도가 묻어 있다. 나는 저항하기 위하여 사진기 앞뒤를 넘나들었다는 행위가 특별하게 느껴졌다. 그 사진은 내게 큰 영향력을 행사했다.

나는 사진기 앞뒤를 넘나드는 사람들을 따라갔다. 홀로 있을 때, 고립감이 들면 사진기 앞뒤를 넘나들며 사진을 찍어댔다. 타이머를 맞추고 뛰어다니고, 내가 연출가이자 배우로 극의 모든 부분을 총괄하니 경쾌한

이폴리트 바야르, 〈익사자의 자화상〉(1840)

리듬이 생겼다. 바삐 움직이니 우울한 마음이 저 멀리 날아가는 일도 적지 않았다. 사진에 드러난 나를 바라보는 건 기묘한 과정이었다. 내가 미처 놓치고 있었던 신체의 굴곡, 표정이나 감정이 사진 위에 여실히 드러났고, 사진 안에 정박된 나는 내 예측보다 초라하거나 웅대했다. 상이 드러날 때까지 예측할 수 없다는 걸 알았고, 예상과 사진의 상 사이에 생기는 낙차가 어쩐지 황홀했다. 나는 사진 속의 나에게 말을 걸고 호흡하는 데에 능란해졌고, 나보다 '나'를 잘 찍을 수 있는 사람은 이 세계에 없다는 확신도 들었다. 허나 내 셀프 포트레이트에 대한 감상은 아쉽기만 했다. 감각적이라는 말이 주였고 그 표현의 둘레에 여성의 신체, 우울 외에는 다른 단어가 발견되지 않았다. 분명하게 내가 느낀 것이 있기에 변명을 하다가도 언어로부터 나의 한계를 느꼈다. 나를 얄팍하게 만드는 단어에 종속되기 싫어 나는 나를 찍는 일을 중단했다. 넘나드는 이들과 내가 꾸린 세계를 자연스레 등지고 잊어갔다. 그로부터 수년이 지나고 사회적 약자–소수자에 대한 논의가 활발해지면서 사진의 위상과 정체성을 판별하던 이들과 그들의 권력이 무너지는 모습이 보였다. 인종성 담론을 다룬 캐시 박 홍의 저서 『마이너 필링스』에 언급된

'백인성'을 의식하고 사진의 역사를 읽으면 그 역사가 섬뜩해지는 측면이 있다. 백인이 사진기를 들고 있고 사진에 나오는 비극의 주인들은 유색 인종, 사회적 약자 – 소수자인 경우가 태반이다. 내가 기울어진 독해를 배우고 익혔다는 실상을 부정할 수 없었다. 나는 이 시대에 사진가로 위치를 선점한 사람으로, 다른 이들의 감상에 변명을 늘어놓을 게 아니라 새로운 독해를 제안할 필요성이 있었다.

이 기울어진 독해에서 내가 손을 뻗어 꺼내고 싶은 건 넘나드는 사람, 사진작가 프란체스카 우드먼Francesca Woodman이었다. 나 역시 어느 누구와 다를 바 없이 그녀의 사진이 자아내는 우울과 흉흉함을 즐기고 흉내 냈기에 손을 뻗고 싶었다. 프란체스카 우드먼은 예술을 하는 부모님 밑에서 태어났고, 13살에 아버지에게 사진기를 선물받으며 사진을 시작했다. 그녀는 방 안에서 느린 셔터 스피드를 사용하며 셀프 포트레이트를 찍었다. 기술적인 흔들림과 몸의 움직임으로 자신의 모습을 변형하는 걸 즐겼고, 친근하지만 낯선 사물들로 자신의 몸을 감추기도 했다. 폭발적인 힘을 갖고 사진을 찍다가 22세라는 이른 나이에 다락방 창문에서 뛰어내려 자살했다. 자살은 매번 그녀의 만개처럼 소개가 되고, 무거운 족쇄가 되어 그녀의 사진을 매섭게 쫓아다닌다. 실비아 플라스의 자살과 연결되어 여성 창작자의 우울감으로 분류되어 소개되는 일도 잦다.

실비아 플라스의 자살은 실비아 플라스의 죽음 이후에 자살, 그의 시를 연구한 알프레드 알바레즈의 저서『자살의 연구』를 통해 환기되는 부분이 있었다. 자살을 역사적인 관점, 문학적인 관점에서 해석하는 동시에 자살이라는 프레임에서 벗어나 실비아 플라스의 시를 보자는 호소였는데, 시도 자체로서 유의미하게 느껴졌다. 내내 조용하게 유령처럼 떠돌던 프란체스카 우드먼의 전기에도 큰 변곡점이 찾아왔다. 프란체스카 우드먼과 친구였던 사진작가 조지 랭George Lang이 한 매체를 통해 프란체스카 우드먼의 일상 사진들을 공개한 것이었다. 사진에는 혼자만의 우물에 갇혀 있으리라 생각했던 그가 여러 사람들 사이에서 수업을 듣고, 친구에게 밝은 웃음을 건네는 모습이 담겨 있었다. 조지 랭은 우드먼이 높은 목소리를 가지고 있고 작게 웃는다고 그를 상냥하게 묘사했다. 그는 우드먼의 일생을 심리적 고문에 노출된 일생으로 소개하지만, 이면에는 유창한 밝음이 있다고 전했다. 그는 사람들이 자살한 사람을 정의하려는 욕망이 강하다고 덧붙이기도 했다. 강의실에 앉아 있는 어린 소녀를 마주하니 시대가 창작물을 얼마나 곡해했는지, 삶을 존중하는 태도를 어떻게 누락했는지 느낄 수 있었다. 과도한 찬미나 위로를 건네는 복원보다 삶에서 튀어나온 사진 몇 장이 그의 제 나이다운 삶을 복원하고 있다. 나는 이제 프란체스카 우드먼의 사진에서 우울보다 저항감을 보고, 고통보다는 해체의 과정, 그 이후의 가능성에 대해 바라보고자 한다.

책임지지 못할 만큼 많은 양의 사진을 보고 찍고 있으며, 동시에 내가 알 수 없을 만큼 많은 렌즈에 감시당하고 있다. 내 얼굴은 비운의 주인공, 가난한 이미지가 되어 누군가의 손가락 끝으로 곧장 갈 수 있다. 한 번 게시된 나는 내가 삭제하더라도 소멸하지 않고 어디든 도착해 있다. '나'를 콘텐츠로 활용하는 일이 가장 중요하면서도 가장 불리한 일이란 걸 이 세대는 알고 있지 않은가. 이 위태로운 이미지 생태계 안에서도 나를 찍지 않는 것보다 나를 찍는 힘, 나아가 발행하는 힘을 믿어보는 편이다. 그 이유는 넘나드는 사람들과 카메라 앞뒤를 오가며 확장된 외딴 세계를 목격한 시간이 지금의 나를 단단하게 지탱해준다는 사실 때문이다. 나르키소스 신화와 같이 이상화된 내 육체와 정신이 유일한 목적이자 종착지가 된다면 그 파멸을 막을 길은 없지만, 나를 도구 삼아 세계와 연결되고 감각하고자 한다면 그만큼 강렬한 도구도 없으리라 생각한다. 국가적 허영심과 어리석은 교육, 불운을 벗어나게 하는 건 세계문학이라던 수전 손택의 연설은 종종 머리가 하얘지는 충언이다. 사진의 근간이 흔들릴수록 세계의 사진을 읽고 연결되어야 한다는 의식이 남는다. 누군가의 바야르, 누군가의 우드먼, 누군가의… 사진은 이제 인류 공동체의 카르마와 같다. 사진이 만들어지는 과정 중에 잠상, 지연, 정지가 있다. 필연적으로 사진이 세계의 비극을 제어하는 힘 역시 가지고 있으리라 생각한다.

나를 도구로
과거와 현재를, 앞과 뒤를, 안팎을, 너와 나를, 세계를……
넘나드는 수박에는

엄마 관찰기

사진 찍는 일을 하며 먹고살고 있지만, 내가 그에 걸맞은 좋은 관찰력과 주의력을 가진 사람인지는 잘 모르겠다. 몰입하는 순간은 지저귀는 아침 새처럼 찾아왔다가 불시에 사라진다. 나는 마감해야 할 사진과 원고를 들고 박자가 엇나가는 왈츠를 춘다. 일상을 정교한 박자로 살아가고 인증하는 사람들을 보면 경이롭다가 짜증이 난다. 쉽게 미워하게 된다. 한 사람의 인생을 대충 열람하고 제멋대로 판단해버리기 쉬운 시대에 산다는 걸 알고 경계해야 하지만, 나는 덜떨어지고 못나다가 아주 적은 순간에만 봐줄 만한 사람이 되기에. 누군가의 인생이 진지하게 궁금하거나 노고를 들여 이야기를 들어보고 싶다는 호기심 자체가 떨어져 있는 건 아닌가 생각이 들기도 한다.

　잠자리의 생김새를 알기 위해서는 잠자리채와 채집통이 있어야 했다. 내 키보다도 훨씬 큰 잠자리채를

휘두르며 잠자리를 잡았고, 꿈틀대고 파드득 소리 내며 다시 하늘로 날아가는 잠자리를 바라보았다. 잠자리가 복도식 아파트를 메우듯이 날아다니는 계절은 늦여름과 초가을 사이, 하늘이 한껏 높고 청명한 때였다. 하늘색과 주황색이 서로를 교란하듯이 섞이다가 해가 저물면 나는 짠내 나는 몸을 씻고 잠들었다. 관찰은 내게 소중한 일이다. 한 대상을 향한 나의 호기심과 노고, 그 대상과 접촉하기 전후의 나의 준비나 마음가짐이 있고 풍경이 있는 것. 길게 응시해서 그 대상이 떠나 멀어지고, 한순간 풍경이 눈에 들어와 마음에 청명함이 퍼졌던 경험은 이제 너무나도 아득하다.

본가에서 과일을 입에 물고 있는데 엄마가 어쩐지 내 콧구멍의 모양이 달라진 것 같다고 했다. 콧구멍 모양이 다르단 건 그렇다 치고, 한 사람이 내 콧구멍까지 세심하게 본다는 사실에 얼얼했다. 사랑받고 관심받는다는 일렁임보다도 그저 놀라웠다. 그렇다면 그간 내 표정은 얼마나 읽히고 있었다는 건지. 무심한 내 표정을 고쳤다. 그런데 나는 알고 있다. 내가 엄마만큼이나 엄마를 세심하게 쳐다보고 있었다는 걸, 바라보다가 속상해서 내 눈빛을 거뒀다는 걸 말이다.

나의 엄마는 나보다 작은 체구를 가지고 있고, 한평생 운동과는 거리가 멀어서 온몸이 말랑거린다. 피부가 좋아서 손을 대고 있으면 착착 감기고 본인도 그 사실을 알아서 가족들에게 자랑하기 일쑤다. 입술 밑에 볼록한 점이 매력이었는데 말년 운을 의식하며 뺀 모양이다. 외로우면 독기가 돌게 진한 화장을 하고, 풍족하거나 아주 피곤하면 맨얼굴로 축 처진 퍼그처럼 표정을 짓고 있다. 나는 한껏 꾸민 엄마보다 자연스러운 얼굴로 시무룩해 있는 엄마의 얼굴을 좋아하는 편이다. 그게 제일 제 나이답게 얼굴이 흘러가게 두는 일 같다.

나는 엄마를 이상하리만큼 사랑했다. 강한 사랑과 원망을 지나 지금은 매끄럽고 평평해진 상태지만, 예전에는 너무도 가팔라서 감당할 수 없었다. 엄마를 나의 엄마로서 사랑했다기보다 한 사람으로 사랑했다. 아픈 손가락처럼 나를 아리게 하는 사람이었다. 나의 기질이라면 공기와 분위기를 헤아리고 먹는다는 것이었고, 엄마의 우울은 살을 통해서 자주 내게로 이송되었다. 나는 이른 나이에 우울에 배가 불렀지만, 엄마를 기쁘게 하기 위해서 바삐 움직였다. 여름에는 시리도록 차가운 물로 씻고 더위를 많이 타는 엄마 옆에 착 달라붙었다. 그러나 갈증에는 제법 분명한 경로가 있

황예지, 〈절기〉(2023)

지 않은가. 엄마는 아빠의 안정적인 사랑을 바랐고 내가 채워줄 수 있는 틈이 아니었다.

진해지는 화장과 처연하고 아픈 얼굴을 하다가 엄마는 떠났고 지워졌다. 나는 화장대 앞에 앉은 내 얼굴에서 엄마를 발견했다. 외로우면 진한 빨간색, 갈색의 립스틱을 발랐고 사랑한다고 말해주는 이들을 믿지 못했다. 제발 믿게 해달라고 의심하고 애원했지만, 사랑을 믿는 건 자신의 역량이기도 해서 내 허공 같은 심정을, 틈을 자주 바라봐야 했다. 오랜 시간 구멍 뚫린 사람으로 살았다. 죽음의 사자使者만 그 사이를 산책하게 두었다.

한때 떠난 엄마를 이해하고 싶었으나 증오가 늘 우세했다. 이해하다가도 사랑에 매달리고 망가지는 엄마라서 싫었고, 그게 내 모습처럼 느껴질 때 내 몸을 할퀴고 뜯고 싶었다. 나는 사랑을 믿는 사람으로 자랄 거야, 엄마의 빈자리를 노려볼수록 불신과 유착되었다. 무서운 셔터 음이 나는 핫셀블러드 카메라로 엄마를 찍고, 글로 엄마를 갈기갈기 찢으면서 엄마를 괴롭히며 잔인한 화해를 했다. 엄마를 완전히 먼 곳에 보냈다가 글과 사진을 조합하면서 다시 내게로 들일 수 있었다. 엄마는 지금 텔레비전 앞에 심드렁하게 앉아 내 콧구멍을 보고 있다.

나는 엄마의 물리적인 나이를 지우고 영혼의 나이를 본다. 가족이 연달아 죽어 괴로웠던 외할머니, 그녀의 깊은 사랑을 받지 못한 그 나이에, 아빠를 오매불망 쫓아다니던 그 나이에 엄마의 영혼이 머무르고 있다. 사랑하는 힘이 부족한 건 사실 대물림인데 한 사람을 내 인생에서 표독스럽게 미워하는 일을 관두기로 했다. 나이가 든 엄마는 늙고 낡은 얼굴로 내게 미안해서 어쩔 줄 몰라 하고, 나는 그 작은 행위에 마음이 풀려서는 집으로 돌아가는 길에 조금 운다. 사랑에 서툰 사람들이 안타깝기만 하다.

엄마는 엄마처럼 안 살 거야, 말한다. 나는 엄마처럼 안 살 거야, 생각한다. 잉태로 서로를 도무지 벗어나지 못하게 꽉 껴안는 사람들. 나는 이 결속력을 저주라고 생각하지 않고 살아갈 것이다. 나의 전장에서 늙고 나약한 사람들이 퇴장하고 있다. 전장에 놓인 것이 나와 그때의 감정뿐이고, 도무지 싸울 힘이 없다면 감정을 보듬고 이것이 멀리 날아가는 풍경을 보고 싶다.

상담실

아무도 없는 곳에서의 나는 우울했고, 그 사실이 치밀하게 나를 괴롭혔다. 다른 사람과 어울릴 때는 누구보다도 쾌활했으며 생활을 가꾸는 모습이었다. 나는 두 개로 나뉘어 각각의 절벽에 가까스로 서 있었다. 두 개의 자아가 벌어질수록 절벽 사이의 수렁은 깊어졌다. 어떤 자아도 지면 위에 발을 딛지 못한 채 수렁에 떨어져 헤어 나올 수 없으리란 예감 같은 게 들었다. 시큰둥한 얼굴로 상담 센터에 들어섰지만, 내 몸은 살고 싶다고, 아주 잘 살고 싶다고 성화였다. 센터에서 권하는 검사를 몇 주에 걸쳐서 했고 상담 선생님은 불안, 우울의 수치가 높다고 동그라미 치며 내게 알려주었다. 내가 나의 우울을 얕잡아봤다는 게 느껴져서 속이 문드러졌으나 나를 해하고 싶다는 욕구가 홀로 하는 망상이 아닌, 수치가 되고 다른 사람이 전하는 사실이 되니 마음이 좀 놓였다. 내 까마득한 우울은 그곳에서 치료하면 되는 일이었다.

상담 선생님은 상담 치료와 약물 치료를 병행할 것을 권했다. 나는 동네에 있는 정신과에 갔다. 긴 대기줄 사이에서 테이블에 놓인 사탕을 입에 넣고 이리저리 굴렸다. 의사 선생님은 몇몇 가지 질문을 하더니 내게 진단을 내리고 항우울제, 항불안제를 두세 알 처방해주었다. 이 알약이 내 기분을 좌지우지할 수 있다니. 믿기 싫었지만, 약을 복용하고는 오랜만에 긴장을 풀고 편안한 잠을 잤다. 상담 선생님이 내 우울에 진한 열의를 보였다. 어떤 약을 복용하는지, 내 식사와 수면 주기가 어떠한지 매주 상담 일지에 적었다. 왜 이렇게까지 꼼꼼하게 하는 건지 전혀 알 수 없었다. 내가 돈을 지불했기 때문에? 심리상담대학원의 부속 센터라 그렇게 많은 돈을 지불하지 않아도 됐는데. 내가 사진을 찍고 보는 일에 이상한 소명이 있는 것처럼 상담 선생님도 소명이 있다는 사실을 깨닫는 데까지는 시간이 좀 걸렸다.

코로나 바이러스가 이곳저곳에 침투하면서 상담 센터 역시 폐쇄되었다. 상담은 줌 화상회의 프로그램으로 옮겨갔다. 나는 자다 깨서 퉁퉁 부은 얼굴로 상담을 반복했고 선생님은 그런 나와 다르게 매회 정돈된 얼굴이었다. 나는 줌 화상회의로 마스크 벗은 선생님의 얼굴을 처음 볼 수 있었다. 눈매만 보고 상상했던 얼굴과는 다른 얼굴이라 조금 놀랐다. 마스크 쓴 그 사람의 얼굴이 익숙해지는 것, 마스크를 벗은 모습을 보지 못한 채로 다시 만날 기회가 없어진 사람이 있다는 건 코로나 바이러스가 만든 오묘한 풍경이었다. 시간이 지날수록 둥글어지는 내 표정을 보며 선생님은 우리가 처음 만난 날을 설명해주었다. 내가 진한 화장을 한 얼굴로 부츠를 신고 거친 전사처럼 상담실에 들어왔었다고. 어색한 방어기제가 그렇게 재주를 부리고 있었나 보다.

상담은 한 주간 어떻게 지냈냐, 식사와 수면은 어떻냐, 운동은 하느냐 시시콜콜한 이야기들로 시작되었다. 내 기분이나 감정에 대해 면밀히 생각하고 말로 옮길 일이 없어 상담 과정을 어색해하다 보면 상담 시간의 반이 지나가 있었다. 끝나갈 쯤에야 내가 무슨 이야기를 하고 싶었는지 알아챘다. 상담 선생님은 내가 이야기를 여는 게 늦지만, 거듭할수록 빨라질 수 있을 거라고 독려했다. 여섯 달까지는 어색함을 깨고 나를 두드려 깨우는 데에 적잖은 시간을 썼다. 내가 가엾게 여기는 감정이나 사건, 그걸 몸으로 경험한 나를 곤히 재워두었다는 걸 잘 모르고 있었다.

내가 어떤 이야기를 담담히 이어가는데 선생님 눈망울이 먼저 붉어진 날이 있었다. 선생님은 노트북으로 나를 뚫어져라 응시하고 있었고 이내 눈빛이 흔들렸다. 내 눈에도 어떤 동요가 일어나기를 기다리는 것 같았다. 나는 그 순간을 회피했지만, 선생님은 내게 고생 많았다며 나의 삶을 긍정했다. 상담을 끝내고 노트북을 덮으면 잠시 멍했다. 내 가엾은 감정을, 내 자학을 누군가가 경청하고 긍정해준다는 사실이 나를 혼란스럽게 만들었다. 그러한 혼란의 교류로 내 마음은 살이 아물었다가 다시 생채기가 났다. 딱지가 생기려던 찰나에 내가 못 참고 벅벅 긁어버리는 일도 있었다.

내게는 열고 꺼내어 아물게 해야 할 시간들이 있었다. 상담 시간 동안 내 몸을 통과한 폭력, 죽음을 갈망하는 나, 안과 밖에서 다른 나, 유년, 사랑들을 꺼냈다. 화려한 일은 없었지만, 그 얘기를 하는 가을과 겨울은 은은하게 앓으면서 보냈다. 죽고 싶다는 마음이 죽임 당하고 싶다는 마음으로, 죽기 귀찮다는 마음이 살아봐도 괜찮겠다는 마음으로 변했다. 내가 겪은 일을 한 바퀴 걸어보고 긍정하니 마음의 실타래가 주르륵 풀리는 느낌이 들었다. 긍정이라고는 매우 단출했다. 상담 선생님을 따라 내 마음에 그랬구나. 그런 일이 있었구나. 그런 마음이 들었구나……. 하고 말하는 일이었다.

내가 낙담보다는 회복에 마음이 기울고, 나의 회복 탄력성이 그려질 즈음에 상담을 종결하기로 했다. 상담을 1년 반쯤 지속했을 때의 일이었다. 상담 선생님은 조금 더 진행해보는 게 어떻겠느냐 물었지만, 나는 나머지를 나 혼자 회복하고 싶다고 말했다. 상담 선생님이 종결의 시기는 내담자가 더 잘 알고 있다고 했다. 상담을 했다고 해서 내가 눈에 띄게 변했다고 주장을 할 수는 없었다. 이후에도 침대에서 나오는 게 힘든 나날이 있었다. 잠으로 살아 있는 시간을 때우려고 암막 커튼을 꼼꼼하게 치고 확인하는 버릇은 여전하다. 어둠이 편안한 나를 힐난하지 않고 상냥하게 대할 것. 그 일이 내게 필요했을 뿐이었다. 빛을 내고 다른 이들에게 빛을 나눠주려면 나는 움푹 꺼져서 혼자를, 어둠을 감싸 안아야 하는 사람이었다. 나를 마음 열고 이해하기 시작하니 외롭지 않았다. 괴로운 날에도 외롭지 않았다.

이제 복용하는 알약도 없고 매주 줌 화상 채팅으로 진행하던 상담 세션도 없어졌다. 내 우울을 위해 치열하게 싸워주던 전우들이 다 사라지고 홀로 남았다. 거실에는 혈기왕성하게 자라나는 녹색 식물이 있다. 다음 날 먹을 두부나 계란, 반찬이 있다. 피부가 좋으면 기분이 한결 낫다는 걸 알게 된 이후로 샤워를 하고 오래도록 로션을 몸에 문대기도 한다. 괴롭더라도 일주일에 한 번쯤은 근력 운동을 한다. 빈자리에 내 기분의 메뉴얼이 자라나고 있다. 줌 화상 채팅이 연결되기 전, 잠깐 숨 고르는 시간이 생각난다. 내가 나아질 수 있을까, 스크린 앞에서 지친 눈을 깜빡였던 일 년 반의 온라인 상담은 먼 타국에 있는 이와 펜팔을 나누는 일처럼 기억된다. 육체적인 감각은 남지 않고 감성이 내 안에 떠돌고 남는 것처럼. 나는 이제 변덕스런 날씨가 찾아와도, 내가 이유 없이 무너져도 그랬구나, 끄덕여본다.

얼굴들

포트레이트를 주로 찍는 나는 얼굴이라는 단어에 대한 피로도가 무척 높다. 지금까지 카메라로 몇 명의 얼굴을 담았는지 셀 수 없고, 그 얼굴들이 일렬로 세워져 나를 바라본다면 고개를 푹 숙이고 싶을 것 같다. 포트레이트가 가지는 이 이상한 위압감의 정체는 무엇인지. 나는 사진을 배우고 다루면서 얼굴을, 포트레이트를 대포처럼 다루는 작가들의 작업을 밀도 있게 봐왔다. 그들의 작업을 중요한 작품이라고 말하는 제스처를 자주 목격했다. 얼굴을 실제적인 크기보다 크게 프린트하여 비현실의 힘, 기술의 아이러니를 이야기하는 걸 보았는데 나에겐 사료 이상으로 큰 설득력이 없었다.

근래 얼굴을 다루는 콘텐츠로 흥미롭게 느껴졌던 건, 가족들과 명절에 보았던 한 예능 프로그램이었다. 연예인의 아내로 구성된 출연진들이 코나 손, 부분부분 잘라낸 신체 이미지를 보고 자신의 파트너임을 맞히는 퀴즈에 참여하고 있었다. 부분을 보고 맞히면서 자신의 사랑을 증명하는 식이었다. 신체 이미지가 잘려서 둥둥 떠다니는 것도, 신체 일부분을 보고 정답을 맞히는 게 유려한 사랑을 증명하는 것도 희한하게 느껴졌다. 나는 어떤 사람의 얼굴에 깊게 관여할수록 무아지경, 혹은 길 잃음을 느꼈다. 사진을 찍으면 찍는 대로, 사랑하면 하는 대로 그 얼굴이 아리송하게 느껴졌다. 한 사람의 얼굴을 결코 정복할 수 없다는 걸 받아들이고 무력하게 얼굴을 대하는 것이 편했다. 내겐 언제나 얼굴이 압승이었다.

내가 자주 마주 앉은 사람들. 내가 사랑한 사람들의 얼굴을 흰 콧대, 속눈썹의 숱…… 한두 가지의 특징으로 기억하는 게 내 최선이다. 얼굴로 기억하는 게 아니라 얼굴을 뭉그러뜨리고 한때의 풍경으로 기억하는 게 내 방식의 애정이지 않을까 싶다. 얼굴을 쓰다듬듯이 바라보는 직업을 가진 사람이지만, 얼굴을 포착하거나 기억한다는 게 때론 깊은 망각처럼 느껴진다. 내 필름 더미를 훑어보면 이제는 죽은 사람들이 왕왕 있다. 일로 만난 사람들, 사랑하는데 죽은 사람, 사랑하다가 지독하게 미워했는데 죽은 사람, 죽었으면 했던 사람…… 나는 이 얼굴들을 어찌하면 좋을지 딱히 뾰족한 수가 없어서 어떤 받아들임이 필요한지 생각한다.

a. 음악가, 볼이 팬 마른 얼굴. 서글서글한 눈.
b. 디자이너. 위로 향한 건지, 아래로 향한 건지 모호한 입꼬리. 친절하면서도 퉁명스런 인상.
c. 목수. 서늘하고 예리한 눈.
d. 모델. 날짐승 같은 표정.
e. 퉁퉁 불은 떡국. 배부르게 차려진 제사상. 명절에만 보았던 얼굴들.
f. 검은색 액자. 어설프게 합성된 배경. 이음새……

나는 이 혼란 사이에서 자신의 죽음을 준비하는 내 할아버지의 영정사진을 찍었다. 꽃을 제 돈 주고 절대 안 살 것 같은 노인에게 청아한 흰 장미를 들게 했고, 밝게 웃으라고 지시했다. 좋은 곳으로 가라는 나의 염원인지, 아니면 이 사람이 죽고 난 뒤에 내가 어떠한 죄책감에도 연루되고 싶지 않은 나의 욕심이었는지. 어느 때보다도 밝은 얼굴을 한 할아버지를 잘 짜인 원목 액자에 넣었다. 할아버지는 사진이 참 마음에 든다며 한참 그 사진을 매만졌는데 나는 마냥 기쁠 수만은 없었다. 죽음을 짐짓 기다리는 얼굴 앞에서 산 자의, 기록자의 위력이 참 모질고 강했다.

한 사람의 눈물이 얼굴을 타고 흘러내린다. 자리에 있는 사람들은 일제히 자신의 행위를 멈추고 눈물을 흘리는 사람에게로 시선을 돌린다. 사람들은 눈물을 보며 추측한다. 이 사람은 어떤 이유에서 이런 눈물을 흘리는 걸까. 눈물로 인해 정지하는 순간들이 있다. 눈물이라는 기호는 정지하는 힘, 사유하게 하는 힘을 갖고 있다. 이러한 특성 때문에 쉽게 수단화되기도 한다.

> "(…) 소셜 미디어는 현실이 아닙니다. 고군분투하고 있을 당신에게 전합니다. 이걸 기억해주세요. 가끔은 당신이 혼자가 아니라는 것을 들어야 해요. 당신은 혼자가 아니랍니다. 당신이 보이고 당신이 들립니다. 터널 끝엔 항상 빛이 있고 롤러코스터는 언제나 어느 지점에서 완전히 멈추죠. (…) 왜인지 모르겠지만 제 진실을 소셜미디어에 감추는 게 점점 힘들어지는 기분이

에요. 절 봐주셔서 감사하고 들어주셔서 감사합니다. 사랑해요."

—벨라 하디드(모델)

2021년 11월, 미국의 톱모델인 벨라 하디드가 눈물을 흘리는 셀카 아홉 장과 장문의 글을 인스타그램에 게시했다. 불안은 자연한 감정이며 모든 인간이 함께 공유하는 감정이라고 이야기하는 아티스트 윌로우 스미스의 인터뷰에 지지를 보내기 위함이었다. 그 게시물은 253만 개가 넘는 좋아요가 눌렸고 많은 이들의 소셜 미디어, 매체를 통해 퍼져나갔다. 그녀는 많은 이들의 시선을 받으면서 10대 때부터 극도의 불안과 우울에 시달려왔다고 인터뷰에서 밝혔다. 사람들은 벨라 하디드를 응원한다고 댓글을 달았고 그녀의 이름이 들어간 태그를 사용해 자신의 눈물을 내보였다. 나는 벨라 하디드의 아홉 장의 사진이 꽤 정치적인 힘을 지녔다고 생각한다.

한국에도 눈물을 흘리는 셀카가 소셜 미디어를 통해 확산된 사례가 있다. 2000년대 중반 예능, 댄스 가요로 유명세를 치렀던 가수 채연이 싸이월드에 눈물 흘리는 셀카와 함께 '나는 가끔 눈물을 흘린다.'라는 문장을 게시하였다. 그 사진은 대중들의 웃음거리로 주목받았고, 과거부터 현재까지 활발하게 거론되고 재생산되고 있다. 채연은 전성기의 시간을 보내는 데 정신이 없고 적응이 안 되는 느낌에 찍은 사진이라고 설명했다. 채연은 회사 대표의 설득으로 문장과 동명인 제목으로 음악을 만들어서 발매했고, 농담, 마케팅, 인스타그램 필터 등으로 활용되는 모습을 가까이에서 발견할 수 있다. 한 사람이 눈물이 소셜 미디어 속에서 과거 회상, 유희의 상징물이 되고 15년 넘게 복제되고 있다.

나도 눈물 셀카 대유행에 웃으며 동조했지만, 어느 순간 타인의 감정이 손가락 끝에서 미끄러진다는 느낌이 달갑지 않았다. 한 개인이 콘텐츠 제작자가 되어 이미지를 수없이 생산하고, 미디어에 업로드하고, 삽시간에 다양한 모양의 이모티콘으로 평가받는 시대에 살고 있다. 이 수순은 핸드폰을 덮고 난 뒤의 삶에도 영향을 끼친다. 감정적 정보가 많아지고 정보에 대한 접근이 쉬워지면서 인류에 대한 이해도가 올라가는 것이 아니라 피로를 느껴 무지함의 태도, 방관의 태도와 폭력성이 생겨나고 있다. 자필 사과문, 사과 방송……. 내가 만나본 적 없는 사람이 나에게 고개를 숙이며 사과

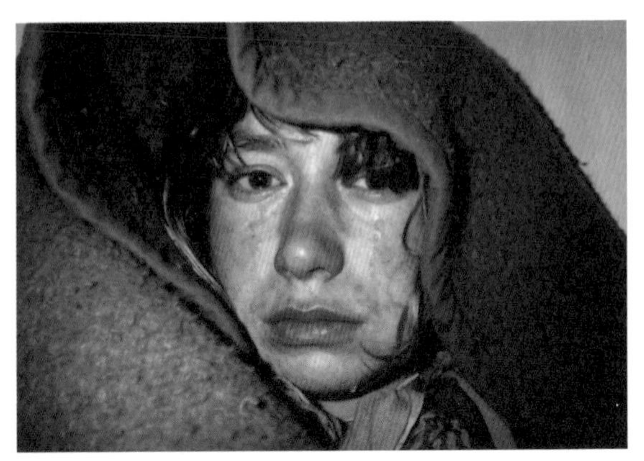

멜라니 보나요, 〈Anti Selfie〉(2006)

하고 있는 영상을 하루걸러 하루 보게 된다. 이 사람들은 무엇을 기만했으며 무엇이 죄송하다는 것인가. 사람들은 미디어 속에서 감정의 재판관이 되기를 원하며 한 개인의 인생을 철저히 망가뜨릴 수 있다는 확신, 그 유혹에 휩싸인다.

이런 분위기 속에서 눈물은 재판의 재료가 되었다. 내게 가장 인상적이었던 논의는 2014년 5월 19일에 열린 세월호 관련 대국민담화 중 전 대통령 박근혜가 흘린 눈물이었다. 구조, 사과와 대처, 모든 부분에서 골든 타임을 놓친 정치인이 모든 스크린을 장악하고 나와서 희생자의 이름을 부르며 눈물을 흘렸다. 흐르는 눈물을 닦지 않고 두었다. 사람들은 그 눈물을 가지고 진정성에 대한 논의를 하기 시작했다. 거짓 눈물이라고 말하기 위해 각 분야의 지식들을 끌고 왔다. 눈물이 흐르는 방향으로 눈물을 진짜인지 가짜인지 구별할 수 있는지 박근혜 전 대통령 얼굴 위로 눈물샘 구조가 그려졌다. 이미지로 표정을 분석하는 분석기의 캡처본이 떠돌았다. 무책임한 동선에 대한 인과성, 방송을 장악하는 행태에 대한 정보로 진정성을 얘기하는 것은 가능하나, 사실 눈물이 담긴 영상만으로 진정성을 판가름할 수는 없으리라.

눈물이 슬픔을 증명하는 유일한 표피가 아니란 것쯤은 알지만, 나는 내 인생에서 슬픔을 애호하는 것만큼이나 우는 얼굴과 우는 사진들을 애호했다. 내가 스크랩한 이미지 폴더에는 밝게 웃는 사람들보다 눈시울이 붉어져 복잡한 얼굴을 하고 있는 사람들이 많다. 그들은 각자 다른 시대에서, 다른 사유에서 울고 있지만 내 폴더에는 눈물의 공동체가 되어 서로 뒤섞여 있다. 이들이 주는 혼돈의 감각은 웃음이 그득한 코미디 쇼의 한 장면보다 내게 큰 위안을 건네준다. 이것이 눈물의, 우는 사진의 원초적인 힘이지 않을까.

수집가가 아닌 촬영자로 우는 얼굴을 맞이할 때가 있다. 처음에는 당황스러워서 카메라를 단숨에 내리고 달려갔다면, 지금은 피사체로 선 사람이 눈물을 보인다면 진정할 때까지 기다려본다. 우는 이유에 대해 물어보면 사람들은 카메라라는 눈, 그 동공을 보면 무언가 들킨 기분이 들어 울컥한다고 대답했다. 어떤 감정이고 사람이고 응시를 기다리고 있다는 사실은 사진을 하며 배워가는 진리이기도 하다. 정중함과 별개로 사람이 우는 것은 그 어느 때보다도 극적이라 나는 천박하게 셔터를 누르고 싶어진다. 사진을 찍을 때는 오히려 불안감이나 불편, 슬픔을 조장하고 싶은 욕구가 생겨난다. 사진가라는 직업은 타인의 감정 앞에서 아주 헤프고 천박하다.

나는 초기작으로 엄마와 언니, 나의 관계를 다루는 사진을 찍었다. 감정이 휘몰아치는 컷을 카메라 앞과 뒤를 넘나들며 촬영했다. 그때는 내게 일어나는 일련의 사건과 치솟는 감정, 그 고양감을 해결하기 위한 대책이 사진처럼 느껴졌다. 언니와 엄마를 찍으면서 그다지 아름다운 사진을 찍고 싶지 않았다. 그들을 행복하게 보이게 찍고 싶지 않았다. 웃음기를 빼달라고 요청했던 기억이 있다. 내게 슬픔을 조장하고자 하는 욕구가 있었다는 것이다. 그렇게 완성한 시리즈는 언제나 나와 함께 소환되고 호명된다. 그때는 미지근한 온도로 눈물을 유인하고 관철하는 것이 나의 방식이었다. 지금의 나는 눈물을 어찌 응대했을까 생각해본다. 주체적인 감정으로 더 시끄럽게 울거나 소리를 질렀다면 그 사진들은 또 다른 사진이 되었을 것이다.

타인의 고통을 낚아채서 바로 나의 것으로 만드는 행위도 끔찍하고, 동정과 연민이 당사자보다 앞서는 것도 끔찍하고, 무감한 것도 무척이나 끔찍한 일이다. 이러한 농도 조절과 복잡함을 피하기 위해 단기적인 관계나 감정, 가벼움을 풀어낸 콘텐츠가 대중의 인기를 낚아채고 있다. 인내를 요하거나 관심이 필요한 자리는 조금 허전하다. 세련되어야 관심을 너끈하게 받을 수 있는 세상에 세련될 수 없는 것들이 관심을 필요로 한다는 것. 아름답고 미끄러지는, 자본이 세운 이미지 규칙에 열혈한 숭배자가 되는 것을 경계하고 있다. 타인의 감정과 서사는 스크린 매체를 통해 우리에게 주입될 테고, 이런 시대에서 우리가 인간성을 잃지 않은 채로 타인의 정보를 받아들이는 것은 연습이 필요하다. 모든 사건과 정보, 관점들이 손가락 끝에서 휘발되게 두어서는 안 될 것이다.

한 사람의 눈물을 사진에 담는다. 사진가는 숨을 잠시 멈춘다. 사람들은 사진을 보고 추측한다. 이 아이는 왜 사진 속에서 울고 있는 걸까. 전쟁 사진과 사회 고발 사진이 사진의 역사의 한 시작이라고 말해도 무방하다. 사진 속 많은 이들은 고통과 사회적 비극에 노출되어 있었다. 세상을 바꾸는 힘, 정지하는 힘은 사진에 있었을까, 사진을 소비하고 수용하는 사람들의 이타심에 있었을까. 나는 예나 지금이나 우는 사진을 좋아한다. 좋아할 것이며. 이미지 속 그 액체가 내게 넘어와 발산하는 힘을 사랑한다. 그 액체가 유대, 인간성을 건드는 힘이 끊기지 않았으면 좋겠다. 그 이미지를, 그 액체를 관리하여야 할 책무를 느끼며…….

나는 사람들이 더 시끄럽게 울었으면 한다.

II

추위

내가 가장 취약한 계절은 겨울이다. 겨울이 되면 몸이 쪼그라들고 마음은 덩달아 위축된다. 위축된 마음을 바라보고 있자면 나는 움직임을 잃고 한없이 무거워진다. 하나의 추가 되어 하염없이 수면 밑으로 가라앉는. 그 느낌을 잠이나 약속으로 엉성하게 잘라내려고 해보지만, 일시 정지일 뿐, 혼자 놓인 순간이 되면 거듭 재생된다.

찬 기운이 내 몸 안에 깊숙이 들어오면 도착하게 되는 기억의 공간이 있다. 이사를 전전한 나와 내 가족이 집이라고 임시로 호명했던 작고 부산스러운 공간들. 그중에서도 한 집, 진한 초록색 타일이 촘촘하게 붙어 있고 불필요할 정도로 넓었던 그 집의 화장실이 떠오른다. 멀끔한 모습으로 학교 가기 위해서는 더럽게 시린 그 화장실을 통과해야 했고, 갈비뼈까지 흠씬 옥죄여오는 추위를 참은 채 느리게 흘러나올 온수를 기

황예지, 〈추위〉(2014)

다려야 했다.

아침에 꿈으로 헐거워진 몸을 겨우 깨운 뒤 그 화장실을 지나쳐 모래가 딱딱하게 굳고 너른 운동장을 건너 버스를 타러 가던 나의 등굣길. 그 길은 나에게 순례길이었다. 내 몸은 학교를 향하고 있었으나 정신은 언제고 흐린 안개, 죽음을 가늠하는 곳으로 향했다. 헤드폰에서는 언제나 같은 노래가 흘러나왔다. 엉성하게 말린 머리끝은 바싹 얼었다가 버스 온풍기 바람에 닿으면 물이 맺혔다. 물방울이 어깨 위로 후두둑 떨어졌다. 마치 수행자처럼 매일매일, 같은 공간에서 같은 옷을 입고 같은 노래를 들으면서 흐린 안개 사이를 건넜다. 죽음이 곧 일생의 탈출구이자 해방이라고 말하는 이들에게 짐짓 친한 체하면서.

그러나 나는 물기를 터는 사람.

수십 번, 수백 번 어깨 위에 맺힌 물기를 털었다. 일어나서 어딘지 모를 곳을 향해 걸었다. 미래라는 불확실성……. 나는 미래를 향해 걷고 있다. 나는 너른 운동장에 스며든, 흐린 안개를 건너며 자라났다. 언젠가는 운동장을 벗어나 잔디밭을 걸었으며 바다에 몸을 담갔다. 그토록 시린 순례는 내 지독한 체력이 되어서는,

나를 살게끔 한다. 마음에 나부끼는 추위라는 건 여전히 나를 겁먹게 한다. 현재, 미래라는 동선을 만들고자 애쓰는 나를 다시 그 화장실로 데려다 놓는다. 그곳에서 내가 멎기를 바라면서. 나는 그 화장실로 돌아가 나를 그곳에 머물게 두는데, 진한 초록색 타일 사이사이 물결무늬가 있다는 걸 알아챘다. 바다. 그건 마치 바다와 같아서.

어떤 우정

마음이 세차게 흔들릴 때면 나는 우정이라는 단어를 되뇌고 아로새겨본다. 괴황지에 적힌 붉은 글자처럼 그 단어가 나를 지켜줄 거란 믿음이 있다. 사람에게 소스라치게 놀라고 다쳐도 결국 사람의 얼굴로 위안을 받는 건 어쩔 수 없는 일인지도 모른다. 나에게 우정은 이 사람이 나를 떠나지 않으리란 예측과 동반한다. 오랜 친구들과 나는 유난스럽지 않고 나른하다. 널뛰듯 대화를 하다가도 침묵이 흐르면 그저 흐르게 둔다. 이 관계망은 마치 하나의 거미줄처럼 느슨한 형태로 제법 잘 짜여 있다.

관계의 안정을 찾아갈수록 내가 잊고 지낸 얼굴, 놓치거나 미워했던 얼굴들이 떠오른다. 서로 조금도 양보하지 않은 관계, 실마리를 푸는 것보다 회피가 쉬워서 두고 떠나온 관계, 악담을 퍼부으면서 종료한 관계 등 내게는 맥없이 툭 잘려나간 관계들이 있다. 잘라

냈기에 서로 곪지 않았을 수도 있다. 회복이 가능했으나 그 시기를 놓쳤을 수도 있다. 그 얼굴들을 현재에 들이고 싶다는 마음보다는 그때 내 감정과 행동이 최선이었는지 살펴보고 싶은 마음이 크다. 못난 행실이 떠올라 기억에서 지우고 싶다가도 어리숙했던 모습을 인정하는, 관계의 근력을 키우는 절차 안에 있다.

내가 종료한 관계들을 살펴보았을 때 공통적으로 발견된 점이 하나 있다면, 그건 내가 마찰이 생겼을 때 대화를 피했다는 사실이다. 나는 어떤 관계에서 부정적인 마음이 들면 그걸 상대에게 표현하는 게 아니라 꽁꽁 숨겼다. 마음이 괜찮아지면 다행이었겠지만, 대개는 마음에 담아두고 혼자 곪아터지는 식이었다. 그러다 보니 말씨나 행동이 부자연스러웠고, 상대에게 서운함을 느끼고 멀어지는 일이 비일비재했다. 불안이 몸집을 키우면 사람들이 내 마음을 알아주지 않는다는 과한 해석을 내놓기도 했다. 다른 사람보다도 내가 나를 강하게 고립시킬 수 있다는 걸 시간이 지난 후에야 알았다.

연애 리얼리티 프로그램에 헤어지고도 무척 집요하게 싸우는 연인이 등장했다. 서로의 말을 되받아치는데 말의 리듬이 탁구 치는 것처럼 좁고 팽팽했다. 조금만 져주면 좋지 않을까 생각이 들다가도 저 리듬 자체가 자극적일 수 있겠다는 생각이 들었다. 그리고는 잊었다고 생각한 한 친구가 기억나서 웃음이 픽, 하고 앞질러 나왔다. 고등학교 3학년 때였다. 한 애가 집 앞으로 초콜릿을 보내왔다. 그 나이에 접하기 힘든 고디바 초콜릿 상자였는데 몇 군데는 다른 브랜드의 초콜릿으로 채워져 있었다. 그 애 아버지가 출장길에 사 온 초콜릿 상자인데, 그 애가 내게 주고 싶어서 이미 몇 개 먹어 빈 자리를 다른 초콜릿으로 채워 넣고 선물한 것이었다. 나는 엉성한 모양새가 마음에 들었다. 나를 졸졸 따라다니는 그 애가 싫지 않았다.

그 애와 1년간 빼곡하게 붙어 다녔다. 학교가 끝나면 내가 사는 동네로 왔고 어머니에게 구박받기 딱 직전까지만 나와 놀다가 돌아갔다. 그 애는 기어코 공부를 내려놓고 나와 같이 사진을 하기 시작했다. 사진을 수년 공부한 나는 격려보단 쓴소리를 했고, 그럼에도 그 애는 나와 공통분모가 생기는 걸 마냥 반가워했다. 그 애는 좋아하는 걸 내게 맞췄다. 좋아하는 친구들이 같아졌고 좋아하는 작품이, 여가 생활이 같아졌다. 수업 시간을 제외한 모든 시간에는 함께 있었다. 우리는 마음이 앞섰고 마음을 확인하기 위해 상처를 줬다. 우정 닮은 사랑에 서툴러 그 끝에는 누가 울거나 집요하게 힐난했다.

그런 뜨거움에 너풀 꺾여 그 친구는 쓴소리보다는 격려를 해주는 이들에게 마음이 녹았다. 그런 사람을 좋아했다. 나는 그 애를 미워하다가 망가지고 어느 순간에 잊어버렸는데, 서른 살 끝 무렵이 되어서 노트북을 보면서 그 애를 기억하게 될 줄은 몰랐다. 나는 그 애를 참 미워했는데. 왜 미워했는지, 왜 미워서 안 보는 사이가 되어버렸는지 기억나지 않는다. 한 친구와 관계에 대해 이야기한 적이 있는데 그 친구가 한 말이 인상적이라 종종 떠올리게 된다. "관계에 정말 배신이라는 게 있을까?" 한 발 떨어져 본다면 그럴 수 있는 일이다. 요즘 따라 미움이 참 실체 없는 것이 아닌가 생각하게 된다.

친구의 아버지 장례식장에서 그 애를 마주쳤다. 그땐 여유가 없어서 미안했다고 사과했다. 아마 한바탕 웃고 헤어졌던 것 같은데 그 뒤로 그 애를 마주칠 일이 없다. 누군가를 통해 결혼하여 잘 지낸다는 이야기를 전해 듣는다. 내가 기억하는 애도 아닐 거며 번듯한 직장인, 아저씨가 되어서 가정을 책임지고 있을 거다.

다시 생각난 이 얼굴이, 관계가 좋게 느껴지는 건 내가 뒤늦게라도 진실하게 사과를 했다는 점이다. 상대와 대면하고 표현하는 건 글쓰기만큼이나 연마가 필요하다. 말투와 제스처, 어휘, 표정과 눈빛들. 나는 어느 시기에 두고 온 우정이 있다. 그 우정들을 통해 조금은 나은 사람이 될 수 있었다.

그 애는 잠들기 직전 갓난아기처럼 작은 동작을 했다. 잠이 안 오면 발등을 맞대어 비비다가 잠들었다. 조금의 회한이라면, 나의 불안을 억누르지 못해 그 애의 불안을 보살피지 못한 점일 거다. 나는 가끔 그 동작을 따라 해본다. 우정들이 잘 지냈으면 좋겠다.

데이트

손끝이 간지러워지는 사랑 이야기를 꼭 한번 쓰고 싶다가도 글을 쓰려는 순간 부끄러워져 쥐구멍에라도 숨고 싶어진다. 사랑한다는 표현이 난무하는 글이 아득한 사람 중 한 명이지만, 그럼에도 불구하고 부끄러움을 뚫고 데이트에 대해 얘기해보고 싶었다. 솔직하게 고백해보건대 나는 살아가면서 데이트를 제대로 멈춰본 일이 없다. 연애가 어긋나고 잠잠해지는 시기들, 연애하지 않는 시기에도 꼭 누군가를 만나 호감이 피지는 순간을 맞이했다. 이건 내가 혼자 있는 시간을 버티지 못했다는 반증이기도 하다.

중학교, 고등학교 때에는 연애가 삶에 깊게 침투하지 않아서 오히려 연애 관계에 큰 어려움이 없었다. 잠시 게임 길드를 맺었다가 끊는 것처럼 연애라는 게 무척 단출하게 느껴졌다. 친구들과의 관계가 삶에 끼치는 영향력이 지대했기에 외로움이 무엇인지도 잘 몰

황예지, 〈라오스〉(2017)

랐다. 혼자 있는 시간 동안 웅웅 울리는 우울과 싸우다가 학교에 가면 친구들이 실없는 소리를 하며 웃고 떠들고 있었다. 우울을 잠재울 만큼 친구들이 시끄러워서 좋았다. 열아홉 끄트머리에 만난 한 친구와 연애를 깊숙이 하게 되면서 인생에서 처음으로 '나'라는 사람에게 타인이 들어올 수 있는 홈이 깊게 파였다. 나는 처음으로 가족 구성원 외의 사람이 귀찮을 수 있다는 걸 알게 됐다. 나는 그를 무척 귀찮아하며 홀대했다. 반대로 그는 나를 귀여워하며 아꼈다.

뒤늦게 밝혀진 사실. 내가 방어기제로 똘똘 뭉친 사람이었다는 것이고, 내내 미숙하다고 생각한 그가 외려 사랑에 아낌없고 능숙했다는 것이다. 내가 할퀸 상처에 서서히 물러나기 시작한 그는 저 멀리 수평선처럼 느껴지는 사람이 되었고, 나는 그 이후부터 외로움이라는 걸 감각할 수 있었다. 가족과 연인이 주는 상실이 합쳐지니 타인의 자리, 그 홈이 무서울 정도로 파였고 자잘한 균열이 나기 시작했다. 사랑을 제 손으로 망가트리자 자기 연민을 넘어서 자기 혐오가 시작되었다. 관계에서 실패했다는 낙인을 내 이마에 내리찍으며 나에게 형벌을 주고 싶어 했다.

도리스 되리의 영화 〈파니 핑크〉를 보면서 시샘하는 게 내 20대의 연례행사가 되었다. 그때의 내가 로알드 달의 아동 문학들이나 도리스 되리의 영화를 왜 좋아했는지 너무 잘 알고 있다. 울적한 배경에 놓인 한 주인공이 괴짜 같은 인물을 만나 다른 삶을 선물받는 일화이니까. 나는 그 이야기를 언제나 시샘했고 빼앗고 싶었다. 그 이야기에 도취할수록 타인을, 내 삶의 구원자를 미친 듯이 찾아 헤매게 되었다. 사랑의 구원을 믿으며 나를 온 사방에 볼품없이 뛰어다니게 두었다. 나를 아끼는 사람들은 함께 있는 시간 동안 나를 차분하게 눌러주었지만, 그들과 만남이 종료되면 또다시 발끝이 까지도록 달리고 방황했다.

데이트를 통해 방황한 사람의 삶이란 어떠한가. 친구가 새로 사귄 연인이 예전에 데이팅 앱에서 대화했던 사람일 때도 있고, 어느 지하철역에서 데이트했던 사람을 발견하고는 고개를 푹 숙인 채 지나갈 때도 있다. 사진을 하는 사람이 틴더를 하다 보니 친구들은 '틴더 사진 감별사'로 나를 고용한 듯 의뢰를 맡겼다. 애매하게 가리거나 보정한 사진들로 그 사람이 미인인지 추리해나가는 것이었는데, 이런 일에 능숙해질수록 이상한 회의들이 찾아왔다. 수많은 얼굴과 육체, 그 많은 보기 사이에서 내가 우위를 가리고 피로를 느끼고 있는 게 좀 우스꽝스러웠다. 외로움의 둑을 대강 휘발되는 대화들로 틀어막고 버텨냈다.

내게 다가오는 사람들, 내가 다가간 사람들. 그 사람들의 얼굴도, 나누었던 대화도 기억나지 않고 김샌 표정으로 집에 돌아오던 어린 내 모습만 떠오른다. 그때는 집도 내 몸 뉘일 곳이 아니라는 생각이 들어 멋쩍었다. '너는 먹을 때가 제일 예뻐' 라고 적힌 네온 간판과 자발적으로 먹을 것 같지 않은 음식들. 타인을 타고 들어온 생경한 경험을 이제는 피식 웃으면서 떠올린다. 이 억지스러운 데이트로 알게 된 건, 타인이 날 구원하기를 바라는 게 아니라 내가 날 구원하길 진심으로 바랐다는 것일 거다. 이상한 데이트로 타인과 맹렬하게 불화하다가 나와의 불화를 멈췄다고 말하면 이상할까? 웃기지만 사실이다.

내 옆에 자주 누워 있는 동갑내기 친구이자 연인은 내 데이트 일화들을 아주 끔찍이 싫어한다. 얘기만 나와도 고개를 내저으며 쉰내 나는 소리를 낸다. 만남을 잡지도 않고 애쓰지도 않았는데 만나버린, 아주 피곤한 날에 마주치게 된 그런 사람. 나는 내가 기다리던 우연을 통해 불화를 종결하고, 내 모습 그대로 연애에 참여(혹은 참전)하고 있다. 동갑내기 연인인 우리는 화려하게 생긴 것에 어울리지 않게 풍물시장에 골동품을 보러 자주 가고, 집에서 밥을 해 먹는 데이트를 자주 한다.

우울하고, 어린, 여자

겨울이 되면 도시는 세차게 반짝거린다. 작은 전구들이 건물이나 나무에 줄지어 매달려 있다. 사람들은 고개를 들어 올려 그 장면을 바라본다. 눈가에 작은 빛들이 서성거릴 때 아름답다고 느끼는 건 어쩔 수 없다. 성가시고 아름답다. 축하나 기쁨을 강제하는 분위기가 들면 삐딱한 마음이 솟아오르기도 한다. 내 마음을 헤집어보라면 그 분위기의 일부가 되고 싶지 않다는 게 아니다. 오히려 중앙에서, 내 인생이 성가신 축복과 어울리기를 바라고 있는지도 모르겠다.

새해로 넘어가면서 나는 20대를 마무리하고 서른을 맞이했다. 고작 앞자리 숫자 하나 바뀔 뿐인데 많은 의미 부여들이 있었다. 새파란 청춘을 떠나보냈다고 말하는 친구, 자신을 대견하게 말하는 친구……. 그 안에서 내가 느낀 건 높은 수치의 안도였다. 나는 나의 20대가 끝나기를 오래도록 바랐다. 20대를 차지한 기억들과 같은 시간 선에 존재한다는 사실을 어떤 방식으로든 잘라내고 싶었다. 과거는 과거대로 잘 묻어두고, 나는 얌체처럼 다리를 쭉 뻗어 현재로 넘어오려고. 내가 그런 얄미운 행동을 하면서 알게 되는 건 그곳에 과거의 인물뿐만 아니라 과거의 나까지 두고 온다는 사실이다. 나는 과거의 장면에서 나를 꺼낼 수 있는 유일한 동아줄이다. 내가 나를 구할 수도 있지 않을까.

20대의 나는 폭력과 불안에 저며져 살았다. 어린 나에게 아무도 관계, 사회망이 가학적인 성질을 갖고 있다고 경고해주지 않았다. 나는 무방비하게 가학적인 관계를 맺기 시작했고 불안이 나를 조여올 때마다 약한 나를 탓했다. 학교에서 군기라고 자행되는 일련의 사건을 겪었다. 도처에 폭력이 널려 있고 한 개인이 이러한 폭력을 방관하는 건 너무도 쉽다는 걸 알게 됐다. 폭력은 영악하고 유연해서, 기꺼이 설득되기도 한다. 폭력은 무결한 사람이 없게끔 만들어 침묵을 권한다. 그때 침묵은 달콤하다.

나는 폭력 앞에서 거대한 무력감을 느꼈다. 폭력의 초상이 무척 뚜렷했으며 암묵적인 사회적 합의 같았다. 반발할수록 어떤 방식으로든 내가 사라질 거란 위기감이 들었다. 나는 내가 입학한 첫 대학교에 자퇴

서를 내고 공동체를 떠나기로 했다. 굴복하는 느낌이 썩 유쾌하지 않았지만, 딱히 방법이 없었다. 아마 나도 내가 표적이 되는 일이 없었다면 제대로 목격하기를 피하거나 농담을 했을지도 모른다. 방관을 기준으로 삼아 나의 과거를 돌아보니 무결함이라곤 찾아볼 수 없었다. 놀리는 건 어떨 때 사소하다고 생각했고, 문제의식을 갖고 개선할 방법을 찾는 것에 게을렀다. 나의 지독한 일상이자 풍경이었다.

어느 날, 언니는 내가 여자로 태어나서 사진 하기 힘들다고 엉엉 울었던 거 기억이 나는지 물은 적 있었다. 뭉근하게 느껴지는 통증은 있는데 언니의 묘사처럼 울었던 기억이 없었다. 왜 그렇게 절망스러웠는지 이유를 아는데 우는 나만 떠오르지 않았다. 사회의 부산물로 느껴지는 폭력보다 존경이나 사랑, 내가 아끼는 감정 사이를 뚫고 나오는 폭력이 나를 가장 미치게 만들었다. 대화하다 보면 익숙하면서도 거지 같은 불안이 내게 천천히 다가온다. 불안은 내가 몸을 가졌다는 걸 인식하게 만들고, 이내 상대가 내 몸을 취할 수 있는 육체로 감각하고 있다는 걸 일깨워준다. 낭떠러지로 내모는 육체의 불안은 나를 돌아버리게 했고, 때론 위협적

황예지, 〈잔〉(2011)

인 상황을 만들었다. 사진을 하면서 발가벗고 뛰어다니는 여자가 되고 싶었으나 나는 내 육체와 심히 불화했다.

우울하고, 어린, 여자. 이 특징을 배합하면 하나의 놀라운 '향'이 된다. 내가 이걸 향이라고 부르는 건 나도 모르는 새 공기를 통해 잘 퍼져나가기 때문에. 그리고 유독 이 향을 절절하게 기다리고 찾아내는 이들을 직접 보았기 때문이다. 이 향을 가지면 아슬아슬한 느낌이 들고 매 순간 불안감으로 들뜬다. 내가 이런 향을 가지고 있다는 점에서 특별하고 매력이 있다고 느끼게 된다. 관심을 늘 필요로 하기 때문에 향을 맡고 다가오는 사람들을 강하게 내치기 어렵다. 이 향을 좋아하는 사람들은 누군가를 보호할 수 있다는 긍지, 통제에서 만족감을 얻는다. 나는 이러한 관계의 질서와 흥분한 입질에서 내 어린 시간이 일부분 뜯겨 나갔다고 생각한다. 바득바득 이를 갈면서 우울하지 않기를, 어리지 않기를 원했다. 여자인 건 어쩔 수 없으니, 부디 내가 무르지 않길 바라며 시간을 흘려보냈다.

연인의 팔이 허공을 가로질렀다. 힘이 실린 손이 내 얼굴을 가격했다. 그 장면이 슬로 모션처럼 보였으나 피

황예지, 〈셀프 포트레이트〉(2011)

할 수는 없었다. 내 고개는 볼품없이 꺾였고 입술은 터졌다. 그는 자신과 헤어지겠다는 내 의사를 받아들이고 싶지 않아 했고, 의사를 바꾸지 않는 한 나를 놓아주지 않을 셈이었다. 테이블을 엎고 커다란 덩치로 나를 밀며 구석으로 내몰았다. 몇 시간을 대치하면서 이러다가 죽을 수도 있겠다고 생각했다. 말미엔 기운이 빠져서 어떻게 되어도 상관없다고 나를 포기해버렸다. 그즈음에 신고를 받은 경찰이 왔다. 경찰과 이야기를 시작하자 그는 정상적인 눈빛으로 돌아왔다. 경찰이 안전한 상태냐고 물었고 나는 아니라고 말했다.

경찰서에는 두 명의 친구가 나와 있었다. 친구들을 보고 안도의 한숨을 쉬었고 우리는 서로 부둥켜안고 짧게 울었다. 경찰 조사에서 내가 겪은 일을 말했다. 경찰은 고소도 가능하다고 말해주었다. 나는 사후처리 이전에 왜 내가 이런 상황을 겪고 있는 것인지 알고 싶었다. 폭력적인 파트너가 등장하는 드라마와 영화를 보면서 저건 잘못이란 걸 정확하게 알았다. 가스라이팅이라는 용어나 일화도 알고 있다. 근데 왜 내가 그간의 징후를 알아채지 못하고 무시했냐는 거다. 그는 내가 약하다고 말했다. 나를 자신이 보호해야 하는 존재로 이야기했고, 내가 멀어지려 할 때마다 강하게 나를 붙들었다. 여러 번의 징후가 있었다.

나는 사과를 받겠다며 제 발로 그를 찾아갔다. 물리적인 폭력이 있는 그날로 관계가 종잇장 접듯이 끝나지 않았다. 폭력을 저지른 사람임을 앎에도 나는 그 사람에게 종속되고 싶었다. 그의 사과와 사랑을 받으며 치유되길 원했다. 그 관계가 종료되는 게 몹시 두려웠다. 관계에서 멀리 떨어져 나와 나의 강함을 찾아낸 지금은 그때의 내 사고방식을 이해할 수 없지만, 그 또한 중독적인 관계의 자연스러운 수순이라고 받아들인다. 모든 중독이 그러하듯 접촉이 줄어들자 달리 보이는 게 있었고 우리를 강하게 연동하던 감정이 서서히 끊어졌다. 진정한 애정 안에서 나는 나를 지키는 힘이 분명해졌다. 내가 말할 수 있는 건 누구나 이런 일을 겪을 수 있다는 거다. 폭력은 영악하고 유연하다. 폭력은 개인의 성향을 맞춰 기꺼이 설득한다. 폭력은 무결한 사람이 없게끔 만들어 침묵을 권한다. 그때 침묵하지 않아야 한다.

나는 이제 입질을 한다. 나는 누가 달려들면 눈을 부라리며 급소를 물 기세로 이를 갈고 내보인다. 나는 폭력을 경험한 이들이 자신의 탓 아니라고 말하길 바란다.

나는 이들이 맘 편하게 애정을 갈구하고 믿기를 바란다. 나는 어린 여자들이 사진을 찍고 발가벗고 뛰어놀기를 바란다. 나는 우울하고 어린 여자였던 내가 수치스럽지 않다. 나는 나의 항을 사랑한다. 나는 나의 동아줄이다. 나는 내가 겪은 폭력을 증언하며 과거의 나를 꺼낸다.

잠

나에게 잠은 얼마나 각별한 걸까. 잠을 나의 오랜 연인처럼 천천히 쓰다듬고 싶다. 그는 매일 밤 나를 빠짐없이 안아준다. 어느 때보다 깊은 소속감을 느끼게 해주며 나에게 안전한 공간을 마련해준다. 그는 내가 어딜 향해도, 어떤 풍광을 그려도 나를 말리거나 붙잡지 않는다. 나는 그 앞에서 전개에 벗어난 말을 해도 무안함을 전혀 느끼지 않을 수 있다. 나는 그와 내가 협력해서 만들어 낸 시퀀스를 무척 아끼고 가끔 내 작업에 가져와서 거들먹거리기도 한다. 나는 작업을 만들 때 만족스럽게 구상이 끝나야만 실천으로 옮길 수 있는 사람이다. 가끔 구상 단계에서 과열이 되면 꿈에서도 작업을 하고 있다. 꿈에서 갈등 요소가 드러나고 그것이 다음 꿈에서 해결되는 식이다. 현실에서는 작업의 갈피를 못 잡고 주춤거리는데 내 무의식은 서사를 만들어 내고 화해하는 것에 능란한 편이다. 꿈의 주체를 작업의 대리인으로 영입하고 싶다는 생각을 하지만, 꿈에서 작업이 매끄러우면 깨어나서도 특유의 감도가 이어져 작업이 해결될 때가 많다.

사람들이 식욕, 성욕, 수면욕……. 욕구를 순위로 매길 때마다 나는 언제나 변함없이 수면욕에게 가장 후한 자리를 내어주었다. 잠은 내가 현실을 발판 삼아 살아갈 수 있게 도와주는 강력한 매체이지만, 우리가 처음부터 이렇게 평화로운 사이였다고 말하기는 어렵다. 어렸을 때부터 나는 외부 작용을 받아들여야 하는 일이 있으면 피곤하고 잠이 왔다. 엄마는 내가 유치원에서 익숙하지 않은 일을 겪고 오면 눈 밑이 새까매졌다고 웃으며 회고한다. 사람이 많은 곳에서 생기는 일은 내게 익숙하지 않은 일이 태반이었다. 내향적인 나에게 일상이라고 요구되는 것은 과격한 자극의 총체였다. 외출하고 돌아오면 나는 마른 짚풀처럼 꺾여 있었다. 옷을 갈아입지 못한 채 침대에 쓰러져 온갖 괴상한 자세로 잠들었다. 잠에 의존도가 높아졌을 때는 몸이 우려되어 피 검사를 받기도 했다.

다른 사람에 비해 수면의 시간이 길다 보니 그것은 게으름과 엮이기 참 쉬웠다. 긴 시간 동안 스스로를 게으르고 무기력한 사람이라고 치부했다. 나를 비난하는 마음은 몸집이 잘도 커져서 나는 내가 만든 성과를 격려하는 일에 인색해졌다. 나를 비난하는 마음은 몇 해에 걸쳐 모습을 바꾸고 옷을 갈아입었다. 죽고 싶다는 마음으로 바뀌어 내게 도착했다. 나를 미워하면서 터전이라고 느꼈던 것들과 사이가 틀어지기 시작했다. 눈에 띄게 사이가 틀어진 건 잠이었다. 자려고 마음을 먹고 누우면 모든 감각이 예민해졌다. 시계의 건전지를 잔혹하게 뽑아야 했고 이불과 베개의 위치를 수십 번 바꿔야 했다. 강박적으로 환경을 조성해도 잠이 쉽게 오지 않았다. 머릿속에 든 생각이 팽팽한 줄다리기를 했다. 나도 잘 모르는 단어나 문장이 번개처럼 쾅쾅 내리쳤다. 한번은 '시드 비셔스'라는 이름이 진하게 내리쳤다. 의아한 마음에 찾아보니 그 이름의 주인은 '섹스 피스톨즈'의 베이시스트였고 펑크 음악의 상징이었다. 그가 하는 음악은 내 잠을 쪼개는 느낌과 제법 흡사했다.

아침 해가 떠오르는 자리를 보면서 언제 밤이 올까, 언제 끝에 다다를까 기다렸다. 깜깜한 편이 숨기에 더 좋았다. 살아 있음을 소거하고 싶었던 순간으로, 그때를 기억한다. 무신경하게 처방받은 수면제 알갱이들이 나를 좀 더 피폐하게 만들었고, 피폐함으로 완전히 곤두박질치니 어설플 때보다는 후련한 마음이 들었다. 밭이 완전히 뒤집어졌으니 작은 기대와 함께 소생의 씨앗을 뿌려보면 되는 일이었다. 정확히 언제부터 내가 잠을 잘 자기 시작했는지 모르겠다. 잘 자는 시간이 몇 분씩, 몇 시간씩 늘었다. 요즘에는 꿈 없이 자는 날도 많다. 자는 일이 포옹과 가깝다는 걸, 특히나 나랑 하는 포옹이라는 걸 알게 되면서부터 우리의 사이가 좋아졌다.

포옹은 몸에 긴장을 풀어야만 자연스럽고 꼭 맞는 기분이 든다. 잘 씻은 몸으로, 단정한 마음으로 잠이 내게 기분 좋은 방문을 하길 기다린다. 잠이 내게서 완전히 달아나는 장면 역시 보았기에 완벽한 사이라고 할 수 없지만, 위기를 넘긴 관계처럼 배려하며 지낸다. 잠을 자는 나를 더는 질책하지 않는다. 오히려 응원하며 일주일에 하루 이틀 정도는 알람 없이 푹 잘 수 있는 날을 마련한다. 나는 내게 들이닥친 일을 잘 받아들이기 위해 기나긴 잠을 자야 한다. 잠은 내가 겪은 일화를 과거로 밀어내 주는 존재이다. 마치 사진처럼. 나는 심심한 일상, 고통스러운 감정, 기분 좋은 성취……. 다양한 일들이 내가 겪은 현실이자 과거임을 깨닫고 현재로 돌아온다.

거울을 보며 눈곱을 떼고 입이 찢어지도록 하품을 해본다. 칫솔을 물고 꿈에서의 일을 복기하다가 심드렁하게 하루를 시작한다. 작업에 도움이 되는 꿈도 좋지만, 미인과 데이트하는 꿈이 제일 좋은 꿈이라고 생각한다. 앞둔 포옹을 고대하며 현관문을 연다. 나가자마자 집에 돌아오고 싶겠지. 나를 닮은 두 고양이는 배웅도 없이 쿨쿨 잔다.

돌, 기림, 세월

꿈 메모 2014. 4. 14.

사이렌 소리 빨간색

꿈을 꾸면 짤막하게 메모하는 습관을 지니고 있다. 어떤 꿈은 자고 일어나서도 몸에 잘도 매달려 있어서 글로 옮기기 수월했고, 어떤 꿈은 종잡을 수 없이 달아나는 불씨 같아 사라지는 형국을 멀거니 지켜보기만 해야 했다. 2014년 4월 14일의 꿈은 색이 진하고 소리마저 시끄러워서 꿈인지 현실인지 분간하기 힘들었다. 사이렌 소리 여러 개가 겹쳐 들렸고 빨간색 조명이 집안 거실, 천장까지 매섭게 펴져 벌떡 일어나야 했다. 경찰차 혹은 소방차가 출동했을 때, 집에 색 조명이 퍼지는 일이 왕왕 있었기에 현실에서 무슨 일이 일어난 거라 추정했다. 맨발로 복도에 뛰쳐나가서 한참을 두리번거렸다. 바깥의 공기가 제법 서늘했고 침착한 어둠만이 있었다. 색이 없는 어둠을 확인하고 나서야 꿈이 구나, 겨우 알아챌 수 있었다. 꿈이 늘 심오하고 불안한 전개를 띄는 편이었기에 개의치 않으려 했다. 나는 다시 잠이 들었다.

꿈을 꾸고 하루 반이 지났을 무렵, 등교하는 길 식당과 지하철 스크린 곳곳에도 연신 같은 배 하나가 띄워져 있었다. 진도 해역에서 커다란 배가 사고 났다고 했고 전원 구조됐다는 속보가 떴다. 곧이어 속보가 오보라고 정정되고 어느 순간 스크린 상단에는 생존자와 사망자의 숫자를 표기하는 칸이 생겨났다. 탑승, 사망, 구조, 실종. 커다란 배가 침몰되는 순간이 생생하게 스크린을 통해 방영되었고 사망과 실종의 숫자가 가파르게 치솟았다. 색이 진한 꿈과 이 참사가 맞닿은 건 대단치 않은 우연이었을 거다. 하지만 나는 그 우연이 주는 감각이 괴로워서 한동안 단과 연을, 다음과 미래를 잇는 것이 힘에 부쳤다. 꿈을 꾸고 일어나 바라보았던 어둠. 그 속을 한번 거닐어보기로 했다.

복도에서 보이는 방향은 관악산 언저리. 나무와 들풀이 제법 거칠게 자라 있었다. 풀을 헤치고 들어가니 아주 큰 바위가 하나 있었다. 학교 가기 위해 많이 지나다녔던 숲길, 복도에서 훤히 내려다보이는 지면에 이렇게 큰 바위가 있다는 사실을 전혀 눈치채지 못했다. 나보다 훨씬 더 강한 생명력을 가지고 오랜 세월을 지낸 이 땅의 구성물을 보면 느껴지는 위압감이 있다. 나는 한참 움츠러들었다. 바위 주위를 한 바퀴 돌았을 땐 바위의 크기가 체감됐고, 그다음에는 평평한 숲길 사이에 왜 이 바위가 우뚝 서 있는지 궁금했다. 몇 바퀴 더 돌았을 땐 바위 사이에서 굿의 흔적을 발견할 수 있었다. 알록달록한 색을 가진 천 조각과 수많은 조개껍질들. 밤에 났던 소리. 가끔 귓가에 감돌았던 방울 소리가 여기서 나고 있었던 거다. 이 바위는 어떤 이들을 부르며 기리고 있었을까.

산 자와 죽은 자 사이. 샛길을 만들어 넋을 기리고 보내는 일. 만신 김금화는 인천 연안부두에서 세월호 진혼굿을 진행했다. 노인의 입에서 어린 넋들의 곡소리가 터져 나왔다. 사진기를 들고 현장에 가자고 채근하던 동료들이 있었지만, 나는 가지 않았다. 몇 년이 지나도 참사에 대해 이야기하거나 현장에서 사진 찍는 일을 하지 않았다. 다만, 손톱을 물어뜯는 버릇이 생긴 사람처럼 조바심이 나거나 광활한 저항 사이에서 내가 방황할 때마다 만신 김금화의 사진을 찾아보았다. 넋을 기리고 호소하는 표정과 얼굴에 잡힌 주름을 볼 때마다 설명할 수 없는 안도감과 경외심이 피어올랐다. 이 사람은 억울한 넋에 제 한 몸을 내어주는데 나는 왜 사진 한 장 건네기 힘들었던 건지.

세월호 참사 6년이 흐른 뒤에 나는 그 배를 마주했다. 모진 풍파와 세월을 맞은 배는 담갈색으로 바래 있었다. 육지에 올라 아주 큰 바위산이 되어 있었다. 나는 배의 크기를 가늠하고 싶어 그 앞을 오래 서성거렸는데 무모한 일이었다. 넋에는 둘레가 없다는 걸 몸으로 고스란히 느꼈다. 넋의 장대함에 길을 잃어 말끝을 흐리는 사진들을 찍었다. 여전히 비극 앞에서는 물음표. 여전히 나는 현장에 사진기를 들고 나가는 일에 주저하는 사람이다. 현장의 발화, 사회를 바라보는 렌즈와 굴곡에 대해 고민하지만, 딱히 뾰족한 수는 떠오르지 않는다. 죽은 자를 발판 삼아 산 자가 기록을 이어나간다는 진리를 겸허히 받아들이나 이 매듭을 잡아채지는 못했다. 돌은 이 답을 아는 듯한데 늘 고요한 침묵으로 화답한다.

작은 공간

내가 할아버지를 처음 보았을 때 할아버지는 늙은 얼굴이었다. 지금 내가 할아버지를 보러 가도 할아버지는 늙은 얼굴이다. 나를 둘러싼 것들이 분주하게 변해도 할아버지만은 변하지 않는다. 집에 빈대가 생겨서 피부가 망가져도 이사 가지 않고 필요한 물건도 잘 사지 않는다. 같이 늙어가는 물건들만 꼭 끌어안고 산다. 몇몇 물건은 할아버지가 수선을 해놔서 엉성한 이음새가 있다. 나는 그런 걸 빤히 지켜보다가 집에 돌아온다. 작은 공간에서 여전한 사람. 여전한 시간이 좋으니까.

할아버지와 시간을 보냈다고 가족들에게 소식을 알리자 이모가 물었다. "예지야. 할아버지 눈에 힘이 좀 없지 않니?" 카메라를 들고 할아버지를 바라보는데 할아버지 눈이 평소보다 멍하다고 생각한 순간이 있었다. 나는 사진 찍기 귀찮아하는 할아버지를 어르고 달래면서 카메라를 바라보게 했다. 내가 원하는 만큼

황예지, 〈안녕〉(2023)

사진을 찍었다. 필름 스캔을 하고 사진에 담긴 할아버지의 눈을 지그시 쳐다보았다. 사실 그는 여전하지 않았다. 작은 공간에서 끼니를 대충 때워 몸이 작아졌고 청력이 많이 약해져 있었다. 그저 나는 그가 여전하기를 바랐던 거다.

어렸을 적에는 할아버지를 어떻게 대해야 할지 감이 잡히지 않았다. 자잘하게 잡힌 주름은 그저 내 것이 아닌, 동떨어진 세계의 질감 같았다. 할아버지가 말수가 적어 중간에서 만나는 일도 없었다. 가족과 할아버지 집 근처의 갈비집, 오리 백숙집에 갔다가 그가 쥐여주는 만 원을 받아 돌아오는 게 명절 인사의 전부였다. 나는 그 만 원이 적다고 생각했다. 할아버지가 달리 보인 건 내가 외로움을 익히면서부터였다. 가족이 흩어지고 연인과 헤어지고 밤마다 나를 유실하는 느낌에 휩싸일 때, 나는 지하철 5호선 끝자락 작은 공간에 있는 할아버지가 생각났다.

풍파를 어찌 견뎌내고 주름 자잘한 노인이 된 건지 할아버지에게 물어보고 싶었다. 스무 살부터 별 이유 없이 할아버지를 찾아가고 들여다보기 시작했다. 할아버지는 종종 나를 고물상에 데려가곤 했다. 삼겹살을 자글자글하게 구워 먹여주었다. 입에 한 움큼 물

황예지, 〈안녕〉(2023)

고 있는데도 더 먹으라고 채근이었다. 그는 취하면 야윈 눈으로 눈물을 뚝뚝 흘렸다. 슬픔에 목이 막힌 건지 소리는 없고, 거친 숨소리만 났다. 할아버지에게 딱히 뭘 묻지 않았다. 아내와 아들을 떠나보내고 사는 건 어떤 건지. 어찌해야 하루가 잘 지나가는지 묻지 않았다. 그를 찾아가 따분한 텔레비전을 같이 보고 음식을 먹을 뿐이었다. 노인정을 가야 한다고 나를 쫓아낼 때는 웃으면서 일어났다. 그의 피부에 내 피부를 대고 비비적거렸고 그를 웃기기 위해 우스꽝스러운 애교를 부렸다. 할아버지는 나를 보면 잘 웃는 사람이 되었다.

할아버지는 맑은 정신으로 살려고 아주 애쓰고 있다. 아흔이 가까운 나이에 하루도 거르지 않고 독서를 하고 색칠 공부를 하고 있다. 나는 할아버지가 우주를 알면 덜 외로울까 싶어 칼 세이건의 『코스모스』를 전했다. 대학교 다닐 때, 암실에 둔 필름 상자가 없어진 적 있었다. 그 안에는 할아버지를 찍은 필름 몇 롤이 들어 있었다. 할아버지가 꽃을 쥐고 웃고 있는 사진과 지금보다 훨씬 정정하게 걸어 다니는 사진들. 나는 그 사진을 되찾을 수 없다. 그러나 나는 사진을 잃어버린 거지 그 시간을 잃어버린 게 아니므로. 카메라를 목에 매고 할아버지의 집에 드나들었던 스물 무렵의 시간이 우리의 작별을 도와주리라 생각했다. 나는 여전히 카메라를 들고 작은 공간에 알짱거리고 있다. 여전하지 않은 그와 그의 질감은 어느새 내 일부가 되어 있다.

현지와 예지

나를 아는 사람들 대부분이 현지를 알고 있다. 현지를 아는 사람들 역시 대부분 나를 알고 있다. 현지와 나는 서로의 연결망이라는 수식어가 되기에 충분한 시간을 함께했다. 우리는 4년이라는 시간을 한 집에서 고양이 두 마리와 부대끼며 살았다. 어제는 함께 살던 집에서 현지가 먼저 이사를 나갔고 나도 열흘 뒤면 새로운 동네로 이사 가게 된다. 우리의 동거가 마침내 마침표를 찍는 것이다. 가족, 연애로 내 거주지가 정해지는 위태로운 생활에 신물이 나서 발악하듯이 시작된 동거가 나를 지금으로 데려왔다. 갈등이 있을 때마다 숨어버리고 관계 불안이 있는 내가, 타인과 진득한 신뢰를 쌓고 새로운 형태의 가족을 만든 일은 아직도 얼떨떨한 일이다. 그건 나와 현지가 아주 많이 달랐기 때문에 가능했던 일이 아니었을까.

황예지, 〈남가좌동 집에서 찍은 현지〉(2019)

우리의 이야기를 글로 풀 때 곤욕스러움이 찾아온다. 그 이유는 현지가 글로 설명하기 참 어려운 사람이기 때문이다. 현지는 내가 아는 사람 중 손에 꼽히게 아담하지만, 동작이 많고 공기를 압도하는 힘이 있다. 남들이 기피하는 상황을 잘 다루고 질문을 던지는 힘이 좋다. 현지가 애용하는 질문은 '왜?'인데 나는 그 원초적인 질문에 자주 말문이 막혔다. 외부의 눈을 의식하고 조바심에 움직이는 내가 대답할 수 없는 것들이 참 많았다. 현지는 자신이 내키는 일은 반갑게 맞이하고 껄끄러운 일은 하지 않거나 하더라도 괴로움을 유머로 승화시켜 본인 운영하는 팟캐스트 '현지극장'의 소재 혹은 인스타그램 스토리로 만들어버린다. 많은 사람이 현지 목소리와 찰진 화법을 좋아한다.

현지는 서울에서 프리랜서 성우로 활발하게 활동을 하고 있다. 故이도진 디자이너의 암 투병을 돕기 위해 시작되었던 〈앨리바바와 30인의 친구친구〉에서 매달 원고를 낭독하고 이랑의 소설 『오리 이름 정하기』 오디오북 제작에 참여하는 등 타인의 창작물에 숨을 불어넣는 역할을 바삐 하고 있다. 4년 전, 우리가 처음 만났을 때는 오래도록 쥐고 있던 일로 미래를 기대하기가 힘들어서 좌절하는 날도 많았다. 현지는 방송국

황예지, 〈현지의 생일 케이크〉(2021)

성우 공채를 준비하면서 점점 지쳤었고, 나는 사진을 아무리 찍어도 사는 형편이 나아지지 않아 다른 일을 병행하느라 늘 피곤에 절어 있었다. 사람들은 창작자인 우리를 콘텐츠로서 아주 즐겁게 소비했지만 막상 우리는 창작자의 정체성을 유지하기 위해 감내해야 할 일이 많았다. 막막해서 눈시울이 붉어지면서도 이 일을 끔찍이 사랑한다는 사실이 그때는 족쇄처럼 느껴졌다. 예쁘게 생긴 족쇄. 지금도 그 굴레로부터 완전히 벗어났다고 말할 수는 없지만 그래도.

미술관에 가면 종종 현지의 목소리가 흐른다. 현지는 아르코 미술관, 일민 미술관, 국립현대미술관에 자신의 목소리를 넣은 이력이 있다. 내가 욕망하고 무섭게 우러러보는 그 새하얀 공간에 가장 친숙한 목소리가 들리니 참 이상한 기분이었다. 현지에게 한국에서 내로라하는 미술관들을 진입해본 소감이 어떻냐고 물어보니 대수롭지 않은 표정을 지으며 "음, 뭐 딱히 별 느낌 없는데." 짧게 대답하고 다른 대화로 건너갔다. 현지는 이런 식으로 내 두려움이나 삶의 과한 부피감을 간결하고 얄팍하게 만들어준다. 현지의 짧은 대답들로 나는 많이 명료해졌다.

이삿짐을 정리하면서 옛날에 사용하던 핸드폰 전원을 켰다. 나는 내 삶의 장면이 나아지고 있다고 믿기가 힘들었는데 과거의 타임라인을 죽죽 훑어보니 내 표정이 밝아진 것이, 사진의 색감이 많아진 것이 몸소 느껴졌다. 매일 멸망이나 죽음 따위를 바랐는데 갑자기 내 인생에 돌진한 사람으로 인해 내가 많이 변했다. 살짝 열린 방문 사이로 쿨쿨 자는 사람의 흰 발바닥을 쳐다보고 벽 너머 소음을 하루, 이틀 그리고 4년을 내내 끊기지 않고 듣는다는 것이 나에게 크나큰 안락함을 가져다주었다. 올해 현지가 생일 편지를 길게 써주었는데 내 관계 불안이나 이상 행동을 이해하기 위해 혼자 고심한 흔적이 여실히 드러나서 사람들 보는 앞에서 엉엉 울고 말았다.

현지를 통해 마음속으로 평생 기다리던 말을 들었다. 아직은 몇 달 뒤에라도 다시 합칠 가능성을 열어두고 찌질한 말을 내뱉느라 바쁘지만, 서로의 독립을 열렬히 응원하고 있다. 우리의 다음 장면은 무엇이 될까. 우당탕탕. 현지와 예지의 하루하루는 무척 귀여웠고 우리는 앞으로도 귀여울 것 같다.

다음 날

앞서 내 몸에 거쳐 간 폭력을 얘기했다면, 나는 폭력이 지나간 다음 날에 관해 얘기해야 한다.

연인과 지난한 대치를 끝내고 경찰서에 도착했을 때, 내 시야를 흐리게 만들던 막이 걷히면서 눈앞은 선명해졌다. 얼굴이 얼얼했으나 그때 느낀 선명함을 잊을 수 없다. 경찰과 이야기하는 건 퍽퍽했다. 그들이 넘겨준 용지에 내가 겪은 일에 대해 울퉁불퉁한 글씨로 썼다. 무슨 내용을 썼는지 기억나지 않지만, 진술서를 쓰는 것은, 내가 당한 일이 물리적인 폭력이라는 명백한 사실을 인정하는 일이었다. 경찰서에서 나오니 울다 멈춘 얼굴을 하고 친구들이 나를 기다리고 있었다. 애정하는 사람들에게서 속상한 표정을 보는 것을 싫어하는데 그날은 내가 원인 제공자였다. 그건 내가 폭력보다도 인정하기 싫은 일이었다.

황예지, 〈다음 날〉(2019)

나는 그날 해결해야 할 일이 하나 있었다. 무사히 외국 출장길에 오르기. 가끔 나의 타임라인을 비웃게 되는데, 경찰서에서 나온 시점으로부터 외국 출장을 떠나기까지 불과 몇 시간이 채 남지 않아 있었다. 우선 피곤한 몸과 마음을 씻기고 재워야 했다. 카메라 컨디션을 확인하고 준비해야 했고, 연인이 어디론가 던져버린 휴대폰을 당장 대체할 수 있는 것이 필요했다. 오래전부터 고대하며 준비했던 프로젝트라 무책임한 행동은 하고 싶지 않았다. 최대한 멀끔하게 가서 공항 게이트에 서 있는 내 동료를 만나고 싶었다. 멍해져 있으니 친구들의 몸이 나보다도 부산스럽게 움직이기 시작했다. 내 어깨가 힘없이 내려가면 친구들은 하나씩 차근차근하면 할 수 있다고, 어렵지 않은 일이라고 말했다.

그날 무슨 일이었냐고 따져 묻는 사람은 없었다. 폭력이 적힌 페이지에 내가 머무르려고 하면 친구들은 다음 페이지로 가게끔 나를 떠밀었다. 너나 할 것 없이 자기 집에 와서 채비하라고 했고 임시로 쓸 수 있는 핸드폰을 어떻게 발급받는지 알아보고 있었다. 짐을 들어주고 안전한 공간에 나를 뉘었다. 씻는 게 좋겠다며 갈아입을 옷을 차곡차곡 포개주었다. 눈빛과 뜨거운 물이 겹쳐 내 몸에 흐르니 나를 팽팽하게 만드는 긴박

함이 사그라들었다. 내가 온전치 않아도 떠날 수 있음을…… 가고 싶은 곳에 갈 수 있음을 느꼈다. 잠시 잃었다가 되찾은 나의 자유였다.

부대끼는 마음을 인형 삼아 끌어안았다. 잠이 올까 싶었는데 부끄럽게도 몇 시간 포근히 잠들었다. 먼저 일어난 친구는 나를 공항버스 정류장에 데려다주었다. 버스가 오는 걸 기다려주고 내 모습이 멀어질 때까지 손 흔들었다. 안녕. 우리는 서로의 안녕을 그 어느 때보다도 바라면서 손을 길게 흔들었다. 캐리어 앞주머니에는 친구가 남겨놓은 아름다운 흑백의 엽서가 있었다. 나는 나의 존엄을 지킬 수 있는 사람이라는 응원의 글이 담겨 있었다.

도착한 공항에 유난히 따분하고 졸린 빛이 흩날리고 있었다. 먼지가 날리는 게 세세히 보였다. 사람들은 분주하게 제 갈 길을 갔다. 여러 개의 화살표 사이를 가르고 나는 나를 기다리는 동료가 있는 게이트 앞으로 갔다. 막 씻고 나온 얼굴을 하고 동료가 나를 반겼다. 나는 그녀 옆에 앉아 다시 한 번 무사함을 느꼈다. 비행의 수고로움, 건조함까지도 개의치 않을 만큼 나는 그 순간이 무척 좋고 반가웠다. 비행기 좌석에 나란하게 앉은 동료가 잘 지냈냐고, 피곤하지는 않냐고 나의 안부를 묻는데 어쩐지 내가 새벽에 겪은 일을 숨기고 싶지 않았다.

나는 얘기했고 그녀는 큰 동요 없이 끄덕이며 들어주었다. 조바심에 어딘가 말하지 말아달라고 부탁했고, 그녀는 알겠다고 다시 한 번 깊게 끄덕였다. 폭력이 지나간 다음 날, 나와 그녀들에겐 긴밀하고 다정한 약속이 하나 생겼다. 이들은 그날의 일을 어딘가에 바삐 얘기한다거나 판단하려 들지 않았다. 내게 그저 순수한 연대를 보였다. 나는 이제 그날이 아픔으로 남지 않는 것 같다. 그저 그날을 벗어나 다음 날을 살 수 있게 한 그녀들의 얼굴이 겹겹이 떠오른다. 그녀들의 얼굴이 무척 아름답기에 비밀의 금을 깨고 이 이야기를 글로 옮겨본다.

파도처럼 밀려드는 시련은 인간으로서 어찌할 방도가 없다. 몸을 내맡기거나 조금 웅크리고 피하는 정도가 최선일지도. 그러나 시련이 멎고 난 다음은 선택할 수 있다. 선택의 자유 안에서 맹렬히 아파할 수 있고 더 주저앉을 수 있다. 일어날 수도 있다. 내가 정체되지 않고 어디론가 갈 수 있다는 믿음이 있다면, 다음 날로 갈 수 있다면.

나는 도착한 그곳에서 빨간 열매가 잔뜩 달린 나

무를 보았다. 그 아래에서 사진을 찍었다. 다음 날, 또 그다음 날이 나를 따스하게 기다리고 있었다.

아라키 노부요시를 좋아하세요?

어떤 이의 작업실에 놀러 갔는데 일본 사진작가 아라키 노부요시Araki Nobuyoshi의 두꺼운 사진집이 선반에 소중히 올려져 있었다. 내 눈은 아라키의 사진집에 고정되었다. 이내 시선을 풀고 내가 이 사람과 특별히 가까워질 일은 없겠다는 설익은 짐작을 했다. 사진을 하면서 사용하는 카메라의 기종을 묻는 질문, 어쩌다가 사진을 시작했는지에 대한 질문을 많이 받았다. 그에 대한 질문이라면 자동응답기처럼 수월하게 대답을 꺼낼 수 있었다. 그런데 특정 사진작가를 좋아하냐는 질문에는 대답하기가 난감했다. 그중에는 아라키 노부요시에 관한 질문이 많았는데, 아라키 노부요시에 대한 심정이 복잡했기에 대답이 쉽지 않았다. 나는 아라키 노부요시를 좋아하나?

내가 아라키 노부요시를 알게 된 건 고등학생 때의 일이었다. 누군가가 시대의 대가라고 보여준 이후로 마주치는 일이 잦았고 몇몇 사진에 빠져 스스로 탐독하는 일도 있었다. 영화 〈킬빌〉에 쇠사슬을 들고 등장하는 고고 유바리, 이토 준지의 만화에서 뿜어져 나오는 일본 특유의 서늘함을 나는 좋아했다. 여성의 신체나 정물을 촬영하는 아라키 노부요시의 사진에서도 나는 그러한 류의 서늘함을 발견했다. 그동안 보아왔던 건 정다운 흑백사진이 주였기에 아라키 노부요시의 독특한 흑백사진이 흥미롭게 다가왔다. 일상적인 풍경이 에로틱하게 변주되어 그의 사진 안에 들어왔다. 고양이나 자신의 아내, 정답게 찍힐 수 있는 사진에도 어떠한 막이 존재해 거리감이 느껴졌다. 옆머리를 작은 악마처럼 뾰족하게 세우고 다니는 그는, 정말이지 괴짜였다.

그가 서늘함과 이질감만을 포착하는 사람이었다면 나는 아라키 노부요시를 지금도 좋은 괴짜라고 얘기하고 소개했을 것이다. 그의 사진에 가까이 다가갈수록 서늘함 이면에 다른 감각이 떠오른다. 그의 대표작으로는 나체의 여성을 줄로 결박하는 〈긴바쿠きんばく〉 시리즈가 있다. 긴바쿠는 우리나라 말로는 긴박, 꽉 졸라 얽어맨다는 뜻을 가지고 있다. 포로를 위해 고안된 결박술로 시간이 흐르며 성적 행위의 일종으로 일본에

서 공고하게 자리잡았다. 아라키 노부요시는 일본의 긴바쿠 문화를 망설임 없이 사진 안에 들여놓는다. 수많은 여성들이 그의 사진 안에서 기모노를 입고 결박된 채 천장에 매달려 있거나 누워 있다. 그 시리즈를 볼수록 나는 아라키 노부요시의 사상과 사진에서 멀리 달아나고 싶었다. 한 작가의 권유로 그의 다큐멘터리를 본 적이 있었는데, 영상을 5분도 채 보지 못하고 껐다. 아라키 노부요시가 자신의 피사체가 될 여성과 인사를 하며 여성의 음모를 거리낌 없이 잡아당기며 크게 웃었다. 꺄르르, 하고. 이 사람은 여자가 재밌구나, 재밋거리로 생각하는구나. 내 불쾌는 거기서 왔다. 그걸 알게 된 이후로 그의 사진을 소비할 수 없었다.

사진 잡지와 갤러리, 사진을 가르치는 교육자들은 그의 사진을 흠모했다. 외설이냐, 예술이냐 논란에 휩싸일 때마다 그의 사진관을 옹호하는 모습이었다. 나는 그것이 은은하게 어떤 여파를 가져다주는지 눈으로 확인할 수 있었다. 촬영장에서 자신을 괴짜 삼아 피사체인 여성들에게 무리한, 성적인 요구를 하는 작가들이 방패로 사용하는 게 아라키 노부요시였다. 무리한 사진들을 섹슈얼리티로 건져 올렸고 사진 촬영에서 일어난 불편한 작용을 예술을 위한 일, 로맨틱한 사건으로 둔갑시켰다. 아라키 노부요시의 사진에 찬사가 쏟아지던 시절, 모텔이나 사방이 막힌 공간에서 여성을 찍은 사진들이 쉴 새 없이 쏟아졌다. 사진 속에 담긴 여성들은 대체로 나이가 어렸고 그들을 찍은 작가는 그들보다 어리지 않았다. 이건 정말 섹슈얼리티일까, 시각적 권력을 가진 자만이 누리는 섹슈얼리티는 아닐까, 내 안에서 질문이 생겨났다.

2018년 4월, 아라키 노부요시와 16년간 사진 작업을 함께 하고 그의 뮤즈로 불리었던 카오리가 미투 운동에 힘을 얹었다. 자신의 블로그를 통해 아라키 노부요시와 함께하면서 겪었던 부당한 대우와 착취에 대해 고발했다. 그녀는 아라키와 작업하면서 제대로 된 임금을 지불받은 적 없고 모르는 사람이 있는 자리에서 누드 촬영을 권유받은 적이 여러 번 있다고 했다. 아라키가 동의 없이 『카오리 섹스 다이어리』라는 책을 발간했고, 아라키는 카오리를 '나를 위해서 무엇이든 하는 여성, 내 여자'라고 표현하기도 했다. 그의 책에서 카오리를 접한 이들은 카오리의 왜곡된 이미지에 빠져 그녀의 집에 찾아오고 그녀를 스토킹하기도 했다. 아라키는 카오리를 일상을 훼손하고 위험한 상황에 빠트

렸지만, 카오리의 이러한 고발에 할 말이 없다는 태도로 일관했다. 아라키는 그녀에게 사과를 전하지 않았다.

아라키 노부요시의 사진에 균열이 이는 게 보였다. 그와 그를 대변하는 이들이 입버릇처럼 말했던 게 아라키 노부요시가 만들어내는 파트너십—사진가와 피사체 간의 합의, 역학이었기 때문이다. 뉴욕 성 박물관에서 2018년 2월부터 12월까지 아라키의 전시를 열었다. 베를린 C/O 갤러리에서 2018년 12월부터 2019년 3월까지 아라키의 전시를 열었다. 시기적으로 보면 카오리의 미투 운동과 맞물린, 그 이후에 열린 전시들이다. 그의 사진이 수백 장이 넘게 전시되었으며 전시의 짜임새 또한 공들인 것으로 보여졌다. 미투 운동으로도 별다른 타격 없이 그가 큼지막한 전시를 하는 건 어쩐지 답답한 일이었다. 1999년, 미술사학자이자 탈식민 연구 교수인 크리스티안 크라바냐는 〈일본의 작은 소녀〉라는 제목으로 아라키 노부요시의 작품을 바라보는 서구적 관점을 지적했다. 젠더 관계의 재현이 이토록 민감해진 상태에서 명백히 여성의 신체를 대상화, 상품화하는 사진 작업이 어떻게 이렇게까지 찬사를 받을 수 있느냐 질문하고, 서구권이 이 사진이 문제가 있다는 사실을 인식하지 못하는 데에는 이국주의와 에로티시즘을 연결하는 오래된 패턴과 구식의 오리엔탈리즘이 작동하고 있기 때문이라고 비판했다. 뉴욕 성 박물관에서 열린 전시는 크리스티안 크라바냐의 글을 인용하여 논쟁적인 측면을 내세우려 한 의도가 보였으나 그 인용은 전시의 작은 돌기로 사용될 뿐이었다. 전시 전반에는 아라키 노부요시의 예술 세계를 높게 사는 태도가 보였다.

아라키 노부요시의 사진은 포르가 아닌, 줄을 묶을 힘이 있는 사람들, 사진 속의 피사체가 절대 자신일 리 없는 사람들, 남성들, 동양의 예술 행위로 읽을 수 있는 사람들에게만 아름답고 고귀한 사진이 아닐까. 인간을 하염없이 낮아지게 하는 공포와 수치, 처벌이 때때로 황홀한 자극제가 된다는 걸 알고 있다. 그렇기에 나는 그 자극제를 아주 조심스레, 영리하게 써야 한다고 생각한다. 타인의 신체를 다룰 때는 더욱이나. 내가 보았던 본디지bondage 관련 영상 중 한 여자가 결박된 채 허공에 매달려 눈물을 흘리는 영상이 있다. 여자는 자신의 신체를 통제할 수 없음을 깨닫고 자신의 나약함을 받아들이는 과정을 겪고 있었다. 파트너는 일정 거리를 두고 그녀를 바라보고 있고, 그녀는 감정의 방랑자가 되어 사이사이를 헤매는 듯 보였다. 한참 시간이 흐른 뒤 파트너는 결박을 해체했고 몸에 힘이 풀린 여자는 파트너의 품에 폭 안겼다. 여자는 치유를 경험한 사람처럼 맑은 안색이었고 알싸하게 행복해 보였다. 나는 그 장면이 통제로 쓴 한 편의 시처럼 느껴졌다. 본디지의 미학은 통제와 나 사이에 생기는 역학이지 않나. 정신의 끈을 묶는 것도, 해체하는 것도 나여야 한다.

모든 인간에게는 더러운 욕망이 있다. 아라키 노부요시는 자신의 욕망을 가감 없이 보여줬기에 찬사받았고 때로는 명예로운 작가로, 때때론 명예롭지 않은 작가로 불리다가 갈 것이다. 그가 사진으로 저지른 우악스런 자위행위는 후세대로 넘어갈수록 빛나는 영광을 빼앗길 가능성이 크다. 어떤 이들에게는 시간이 징벌이 된다. 자신의 욕망을 타인의 신체를 도구 삼아 표출하지 않았다면, 사진을 고르고 공정하는 과정에서 좀 더 치열한 논의가 있었다면 좋았을 텐데 한 인간이 사회적 범주 안에서 욕망을 다스리는 건 어려운 일이다. 나는 그가 찍었던 밝지 않은 하늘 사진, 꽃 사진을 참 좋아했으나 이제는 그의 이름을 부르기가 멋쩍다. 누군가가 "아라키 노부요시를 좋아하세요?"라고 묻는다면 나는 '아니요'라고 대답하겠다. 괴짜가 세상을 구원

한다고 믿는 나, 괴짜로 늙어갈 나는 그에게 괴짜라는 별칭을 빼앗고자 한다. 남에게 피해를 주는 건 괴짜가 부린 괴상한 짓이 아니라 가해다. 바이바이, 아라키.

무형의 운동장

하얀색 반스타킹을 바짝 당겨 신고 친구들과 삼삼오오 모여 달리기 시합을 기다리고 있었다. 한껏 신난 친구들과 다르게 나는 바짝 긴장했다. 차례가 오고 반듯하게 그어진 선 앞에 서서 출발 신호와 함께 내달리기 시작했다. 같은 선에서 달리는 친구들의 모습은 보이지 않았고 땅과 하늘, 나만이 오롯하게 느껴지는 순간이었다. 중간쯤에서는 만화 주제가가 입 안에 맴돌았다. 마치 만화 속 주인공이 된 것 같은 황홀감을 느끼다가 깨어났을 땐 내 손등에 5등이라는 도장이 꾹 눌려 찍혀 있었다. 나 포함 다섯 명이 뛰었으니 나는 꼴등을 한 셈이었다. 운동을 즐기지 않았으나 꼴등이라는 사실을 받아들이기 힘들었다. 뒤처지는 기분이 며칠 내내 나를 어지럽혔다.

가슴이 커지고 온 사방에 털이 길고 굵게 나면서 나의 신체에 강한 이질감을 느꼈다. 내 몸이 성적으로 작동될 수 있다는 사실이 역했고, 그걸 받아들이기 싫어 거울을 피하고 털이 나는 족족 잡아 뜯었다. 잡아 뜯을수록 구멍 사이에서 여러 개의 털이 솟아올랐고 어느 순간 걷잡을 수 없이 무성해졌다. 나는 내게 성별을 조성하려는 성징이, 내 강렬한 생명력이 몹시도 싫었다. 몸과 조화롭지 못하니 달리거나 운동장을 점유하는 일에는 거리감이 생겼다. 차가운 창틀에 매달려 운동장을 박진감 넘치게 뛰는 아이들을 쳐다보았다. 내가 처음 겪은 운동장은 몸 그 자체였고 나는 애써 물러나기만 했다.

"어떻게 사진을 시작하게 되었나요?"라는 질문.

아빠가 선물한 사진기, 암실이라는 공간을 순차적으로 만나면서 내가 마음을 놓고 머무를 영토가 생겼다. 누구도 나를 그곳에서 추방할 수 없었고 내가 노력하는 만큼 넓어지는 공정한 공간이었다. 완성에 절절매지 않고 숱하게 사진을 찍었다. 셔터 소리를 삶의 메트로놈 삼아 내가 움직이고 나아갈 수 있도록. 사진을 찍고 공부하고 치달으면서 사진과 나는 적절히 익어갔다. 그 모습은 대학교 졸업 전시 때 조명받을 수 있었다. 사람들 사이에서 내 졸업 작품이 입소문을 탔는지 공간이나 분위기가 열악했음에도 불구하고 방문객이 많았다. 나, 언니와 엄마를 담은 포트레이트는 인터뷰와 함께 잡지에 실렸고 이는 호평을 받았으며…… 사진집으로 만들어져 절찬리에 팔린 뒤 절판이 되었다. 얼결에 나는 작가라고 호명이 되었고 기회 다음에 기회, 끄나풀 잡는 심정으로 기회들을 잡았다. 그사이에는 어쩐지 뒤처지는 기분이 그득했다. 어느새 창작이 운동장이 된 것이었다.

불시에 돈을 벌면서 창작을 하는 그런 어른이 되어버린 건, 내가 저글링을 더럽게 못하는 재주꾼인데 계속해서 공이 추가되는, 바닥에 들고 있는 게 다 떨어질까 봐 전전긍긍한 마음으로 지내는 일이었다. 주방에서 열 시간씩 일하고 시간을 토막 내어 작업했다. 사람들의 기대에 부응하고 싶었고 호응을 받기 위한 사진이 무엇일지 고민했다. 나는 괴로울 정도로 안 보이는 얼굴들의 눈치를 보게 되었다. 내가 레이스에 오른 건지, 운동장 어디쯤 있는 건지도 모른 채로 내달리면서. 이 사진 괜찮냐, 내가 맞는 길로 가고 있느냐고 불안해하면서. 어느 날, 거울을 보니 내 얼굴은 피로도에 따라 유아에서부터 청년, 노년까지 묘사가 되는 복잡한 얼굴이 되어 있었다. 몸을 아끼지 않은 티가 구석구석에서 났다.

이제 나는, 멈추었다. 나의 행로가 부끄럽냐 하면 그건 결코 아니지만, 특별히 자랑스럽게 느껴지지 않는다. 수많은 성취가 반짝이는 트로피나 왕관이 되어주지는 못하는 것 같고 잘 터진 물집을 보듯이 바라보게 된다. 나는 내 영토를 타인에게 개방하기에 어리고 미숙하지 않았나. 내가 마음을 다해 좋아하는 사진들은 어긋나고 못났다. 나는 사진에서 위로보다는 직시의 힘을 믿으며 셔터 소리는 마냥 산뜻하거나 다정하지만은 못하다. 이 사진들을 혼자 외로이 좋아해야 한다면 기꺼이 그러고 싶다. 나는 사진으로 세운 영토에 혼자 있었고 그곳이 영원토록 내가 혼자 돌아갈 수 있는 곳이었으면 한다.

　나를 바라보는 수많은 얼굴을 지운다. 힐난과 손가락질, 수많은 창작자와 겨루었던 무형의 운동장을 무너뜨리고자 한다. 마분지처럼 힘없는 이 골조를 힘껏 뜯어버린다. 사진이 이 세계를 메울 기세로 배부르게 태어난다 하더라도 창작은 시합이, 운동장이 아니니까. 창작은 내 영토를 세우는 일.

III

절망

한강 언저리에 동료들과 함께 쓰는 작업실이 생겼다. 몇 번 나가지 못했으나 벌써 한 달이라는 수레바퀴가 돌았다. 월세를 지불하라는 알림이 떴다. 어느 때는 시간이 안 가는 것처럼 느껴지는데 부당하거나 억울한 심정은 왜 이리 자주 찾아오는 걸까. 투정 부릴 곳이 없어 헤매다가 적은 숫자로 늘어진 통장 잔고를 바라보았다. 한 주에 반절 정도는 작업실에 머물면서 차분하게 자료를 찾아보고 작업을 할 수 있으리라 예상해서 작업실에 들어왔는데 내가 망각한 게 하나 있었다. 때로는 약속이나 행선지를 정할 자유가 사라지기도 한다는 것.

전화벨이 울리면 나는 그곳에, 그들에게 간다. 조마조마한 마음이지만, 달리지 않는다. 지도로 대강 소요 시간을 알아보다가 택시를 잡아탄다. 한강을 바라보며 적요한 공기와 짧은 처연함을 들이마신다. 도착하면 나는 그들의 안위를 살핀다. 멀쩡한 얼굴이다가도 삽시간에 병들어 있는 그들…. 그들은 내 가족이다. 병실에 누워 있는 사람은 엄마였다가 아빠가 되고, 언니가 된다. 내 일부를 훔쳐 간 것처럼 나를 닮은 사람들이 고통스러운 얼굴을 하고 누워 있다. 나는 그들의 고통을 훔쳐다가 가슴 언저리에 박아놓는다. 통증의 연결일 수 있겠으나 나는 가끔 이 연결 때문에 도무지 살아지지 않았다. 기적만큼이나 우연인 게 병인데, 나는 화가 났다. 가족이 병실에 힘없이 누워 있으면 나는 왜 아프냐고 들들 볶았다. 가족들은 가엾고 치기 어린 나를 향해 작게 웃었고 달랬다. 병든 얼굴에 걸린 미소가 나를 향할 때마다 절망이었다.

가족에게 무슨 일이 생기면 나는 삶의 지속력을 쉽게 잃었다. 지속력을 판단하지 않고 애쓰다가 일을 만족스럽게 해내지 못했다. 낯선 타인 앞에서 주저앉아 울어도 본 터라 이젠 나의 절망을 스스로 측정한다. 절망의 시기에 나는 협소하게 지내는 편이다. 사람을 덜 만나고 일을 덜 하면서 통증의 발원지에 서 있는다. 막연하게 '왜?'라고 질문하는 것을 지나 이 절망을 어떻게 받아들일지 결정할 때까지 나는 멈춰 있는다. 통증을 더 하고 덜어내지 않으면서 고스란히 내 몸 안으로 밀어 넣는다. 세상에 홀로 서 있는 기분이 든다. 살갗이 아리고 목이 메인다. 그래도 이 통증을 내쫓지 않고 다시 한번 밀어 넣는다.

미끈한 벽에 걸린 화가의 작품과 셀 수 없이 많은 의자. 아픈 사람과 염원하는 사람, 기다리다가 질린 사람들 그 사이에 내가 앉아 있다. 훨훨 떠날 수 있을 줄 알았던 병원 의자에 앉아서 수술이 끝나기를 기다렸다. 수만 가지 상상을 하다가 멀끔한 얼굴로 나오는 내 가족을 바라보았다. 이제 시련은 끝이라고 말하는, 달고 사는 병을 가진 가족의 말을 철없게 믿어보았다. 가족을 떠나라는 말을 해주는 사람이 많았다. 도망칠 기회야 언제든 만들 수 있지만, 나는 이 가족 사이에 꼿꼿하게 서 있고 싶다. 늙고 누추해지는 이 사람들에게 한 뼘만 더 다정하고 싶다. 이게 내 세계의 시작이고 세계와 연결되는 순환점이자 고리라는 게 어렴풋이 보이기 시작했다. 나는 어렴풋한 걸 정확히 내 것으로 만든다면 이 고리를 통해 모든 것과 연결될 수 있다. 이 고리를 통해 세계 어느 쪽으로든 건너갈 수 있다. 이 통증은 나의 것이다. 이 절망은 나의 것이다. 이 가족은 나의 가족이다. 이 돌봄과 절망이 세계에 접속할 수 있는 도구라면… 나는 넓어지고 있는 것이 아닐까.

가족의 수술로부터 한 주가 지나서야 작업실에 돌아왔다. 보통 대화는 아직 어려워서 귀에 이어폰을 끼고 성근 글을 쓰고 있다. 일과 약속은 죄다 양해를 구하거나 취소했다. 멀찍이서 본다면 뒷걸음질이라고 보일 만한 선택을 골라 한다. 앞으로 며칠 더 그렇게 지낼 요량이다. 앞장서기 좋아하고 재빠른 담론 안에서 뒤처지는 기분이 들다가도 나는 결국 지속력을 잃고 통증을 파악하는 이 상태를 귀히 여긴다. 이 상태가 끝나면 난 어디론가 맹렬하게 향할 터이다. 절망은 나를 키웠다.

일어나면 아침이다

친구들과 와인을 마시고 가사가 좋은 옛날 노래들을 하염없이 불렀다. 채워지는 경험을 하고 가까스로 버스 시간에 맞춰 고속버스터미널에 도착했다. 혼자 여행을 떠난다고 결심하기까지 왜 이리 오랜 시간이 소요된 걸까. 혼자 있을 용기가 차오르기까지 참 마음을 많이 쓰며 지냈다. 내 시간을 훑어본다. 깜깜한 고속버스 안에서 어느 때보다 달게 잠을 잤다. 누구도 말을 걸지 않았다. 도착해서 만날 사람도, 갈 곳도 없었다. 그게 어쩐지 나를 행복하게 했다. 기분이 절로 좋아지는, 배부른 외로움이었다.

몇 달 전부터 시 수업을 들으며 내 감정선을 다르게 배치하는 연습을 했다. 스승은 떠나기 전날 울적한 내게 백색 꽃을 보내주었고, 여행길에도 촘촘하게 안부를 물어주었다. 아마 그녀는 내 외로움을 크게 응원하고 싶었던 것이 아닐까. 숙소에 도착해서 스승과 함

황예지, 〈홀로〉(2021)

께 앤 섹스턴 영시를 읽기 워크숍을 들었다. 비대면으로 진행되는 강의였다. 강의를 이끄는 앤 섹스턴 번역가는 이 시간이 비대면으로 진행되어 다행스럽다고 이야기했다. 강원도, 제주, 서울 각지에서 그 강의를 듣고 있었다. 어떤 면에서는 이 국면이 다행이었다. 나는 옆에 과자를 늘어트려놓고 시를 음미했다.

이 시대 시인들의 시는 가부장적인 구조 안에서의 신음인 경우가 많다. 집과 결혼하고 집이 나의 신체가 되는 경험, 아내로서 수행해야 하는 일이 절절하고 아프게 서술되어 있다. 이들은 외로움을 곧 자유로 읽고 서술하는데, 이들이 그토록 고대하던 자유가 요즘 내가 느끼는 외로움이 아닐까 생각했다. 워크숍을 마치고 밤바다를 보았다. 이전에 발간한 산문집에 '바다는 아무런 해방감도 주지 않았다.'라는 문장이 적었다. 바다를 보고 한없이 작아지고 울적했는데 오늘 찾은 바다는 달랐다. 바닷가 사진을 인스타그램에 올리니 룸메이트에게 메시지가 왔다. 그녀는 내게 '좋지?' 하고 짤막하게 물었다. 나는 망설임 없이 좋다고 했다. 혼자라서 좋았고, 내 몸과 마음이 돌아갈 곳이 있어서 좋았다. 돌아가면 두 마리의 고양이가 원수진 것처럼 싸우다가도 몸을 붙이고 자고 있을 것이고, 룸메이트는 특유

황예지, 〈홀로〉(2021)

의 무심한 얼굴로 잘 다녀왔느냐 물을 것이다.

따스한 물로 샤워를 하고 백색 이불에 몸을 끼워 넣으니 잠이 쏟아졌다. 영화를 틀었지만, 금방 잠들 것 같아 다음을 기약했다. 아침에 일어나 일출을 보려고 했는데 잠이 달아서 놓치고 말았다. 배부른 외로움으로 며칠은 행복할 것 같았다. 용기는 바다를 경쾌한 장면으로 뒤집었고, 좋아하는 사람들에게 좋아한다고 말하도록 만들었다. 사진과 시, 친구들과 스승. 조금 더 부지런히 애정을 전하는 사람이 되겠다고 바다를 멀거니 바라보며 생각했다. 일어나면 저녁도, 밤도 아닌 아침일 것이다. 아무 일도 일어나지 않을 것이다.

꿈 노트

소셜 네트워크에서는 작년, 재작년, 몇 해 전 내가 동일한 날짜에 올린 게시물을 보여준다. 그것은 과거로 나를 내던져 좋은 향수를 만들어내기도 하지만, 또 한 편으로는 현재에 있는 나에게 분리감을 안겨주기도 한다. 내가 최근에 선사 받은 분리감은 몇 해 전에 쓴 나의 꿈 일기였다. 나는 심리적으로 괴로우면 꿈자리가 뒤숭숭한 편이었다. 적으면 한두 개, 하루에 서너 개 이상의 꿈을 거뜬히 꾸었다. 요즘은 꿈꾸는 날이 드물어졌지만, 과거의 나는 현실과 꿈의 기분을 구분할 수 없을 정도로 꿈에 묻혀 살았다.

초록색 하늘 아래, 나는 학교 옥상에 사람들과 둘러앉아 이야기를 나누고 있었다. 옥상에는 끊임없이 방문자가 있었다. 사람들이 줄을 지어 올라왔다. 방문자들은 축 처진 걸음으로 옥상 가장자리로 갔고 주저없이 뛰어내렸다. 내 맞은편에 있는 사람은 대수롭지 않은 표정으로 몇 명이 죽는지 세어보자고 했다. 양 한 마리, 양 두 마리를 세는 움직이는 그림처럼 사람이 나타나고 죽어버렸다.

나는 언제고 죄책감을 느끼는 사람이었다. 대화가 틀어지는 느낌이 들거나 함께 있는 사람이 부정적인 마음을 가지게 되면 나는 원인 제공자로 나를 택했다. 우정과 사랑, 관계의 유효기간에 막다를 때, 행운과 불운 사이에 불운의 고개가 좀 더 빳빳할 때, 내 주변에서 일어나는 비극의 징후로 나는 내 자신을 지목했다. 그건 먹구름을 만들어 나와 세상에 분리감을 가져다주었고, 나는 시선의 방향을 잃고 관계에서 자주 미끄러졌다. 눈치를 보고 거짓말을 더했고, 거짓말이 발각되어 신뢰를 잃었으며 다시 지나친 자책을 했다. 나와 비슷한 사람을 몇 보았다. 먹구름의 일원들은 표정으로 알 수 있었다. 눈빛은 무너지고 있는데 입꼬리를 팽팽하게 올리고 있는 사람들. 무해한 표정을 짓고 먹구름 안에서 자신을, 오로지 자신만을 할퀴고 있었다.

지친 얼굴의 상담 선생님은 나에게 오만하다고 말했다. 비극을 끌어다가 나의 중심에 두고 생각하는 것이 오만하고, 타인이 느껴야 할 감정까지 미리 재단하는 것도 역시도. 그때 나는 나를 지키지 못했으며, 주어졌던 관계들 역시 지키지 못했다. 몸집이 큰 상냥함을 베풀며 그것들이 나에게 기필코 돌아오기만을 바랐고, 돌아오지 않을 때마다 나는 조금씩 척박해졌다. 아무도 나를 생각하지 않는다며 혼잣말을 되뇌었다. 보상을 바라는 배려와 투영은 나에게 채도를 앗아가고 유령으로 떠돌게 했다.

성찰 옆에는 죄책감이 서 있다. 매서운 사냥꾼의 눈빛으로 쳐다본다. 성찰이라고 여기며 죄책감에 깊이 빨려 들어가고 취할수록 나는 색을 잃는다. 죄책감은 당신의 '살아 있음'을 재빠르게 탐닉하고 앗아간다. 어떤 촉감도 몸에 보관하지 못하도록, 어떤 마음도 내 힘이 되지 못하게. 현재와 미래에 채도를 지닌 채 살아가려면 당신은 이 매서운 죄책감에서 멀어져야 한다.

당신은 꿈에서 걸어 나와 뛰어내리는 사람들, 곧 당신의 마음을 붙잡아야 하고 말을 걸어야 한다. 비극의 징후를 뜨거운 샤워로 씻어 내리고 말끔한 외양이라면 더 좋다. 감정과 마주 앉아 정중하고 다정한 말씨로, 솔직한 말을 해야 한다. 감정을 무기로 쓰지 않고 나의 감정과 절묘한 관계를 맺고 외부를 바라봐야 할 것이다. 한 번에 한 발자국, 삶은 태풍이 아닌 미적지근한 바람으로 당신에게 아주 천천히 다가올 것이다.

연속성

또렷하게 살아보겠다고 체력에게 온갖 구애와 아양을 떠는데 그는 내게 마음을 열지 않는다. 체력은 예나 지금이나 엇비슷하다. 몸에 구멍이라도 나는 건지 가끔 원기가 줄줄 새어나가는 날이 종종 찾아온다. 그런 날은 침대와 엮여 있는 일 외에는 어떤 일에도 진지하게 임하기 어렵다. 나는 그날을 '백 년 묵은 피로가 내 몸에 내려오는 날'이라 부르기로 했다. 피로의 크기가 커다랗고 어찌 차단할 방법이 없어 이건 비단 나만의 피로가 아니라고 감히 느껴진달까. 등은 무언가와 유착하고 싶은 것처럼 계속 닿을 거리를 찾아 대고 하강하려 든다. 나는 내 몸이 버거워하는 무게가 찾아들면 죽음이나 죽은 자, 그들이 머물 세계를 상상해보곤 했다. 다시 만나고 싶은 특정한 이가 있는 것도 아니고 늙은 내 가족이 머물 요양 시설을 알아보는 태도로 사후 세계가 안락하기를 바라는 것도 아니다. 한 사람의 생애에서 언제나 위치하는, 끝이라고 여겨지는 그 체제를 계속 응시하고 싶은 욕망이 있을 뿐이다. 바라보기만 하다 보면 황망할 때가 있다는 걸 잘 알지만, 나는 그저 죽음을 바라보고 있다. 무엇이 될지 모르고.

내게 죽음이 가까이 있다는 걸 알게 된 건 초등학생 때였다. 하고 싶은 게 있다고 말하면 명절에 꼭 한 박자 늦은 한풀이를 시켜주던 외삼촌이 투병을 시작하면서부터. 그의 투병은 낫기 위한 게 아니라 병이 언제 자신을 잠식하는지 초조히 기다리는, 짧으면서도 무수한 시간을 보내는 일이었다. 나는 그의 투병을 헤아리기엔 공감 능력이 충분히 성숙하지 못했다. 그를 마주할 때면 어른의 몸이나 가구 뒤에 몸을 구기고 있었다. 삼촌은 그런 나와 눈이 마주치면 입꼬리를 천천히 끌어올렸다. 차오른 달이 점차 야위어가듯이 그의 얼굴이 야위고 색이 변해갔다. 투병의 마지막쯤이 되어서는 나는 삼촌을 보지 못했다. 엄마, 아빠를 통해 삼촌이 눈을 감았다는 소식을 전해 들었다. 어른들은 대전에서 열리는 장례식에 굳이 올 필요 없다고 학교에 가라고 했다. 나는 장례식도, 학교에도 가지 않고 침대에 누워 온종일 천장을 바라보았다. 죽음이 뭘까. 다시 보지 못한다는 건 뭘까. 가을바람처럼 쌀쌀하게 몸에 드나드는 이 감정은 무엇일까, 더듬거리면서. 나는 그와 제대로 된 작별인사를 하지 못했다.

아빠의 앨범을 들춰보는데 외할머니 장례식 사진들이 있었다. 그중에 앳된 삼촌이 검은색 정장을 입고 상주 완장을 차고 있는 사진이 있었다. 그는 노란색, 하얀색 국화로 정연하게 만들어진 화환 앞에서 고개를 푹 숙이고 있었다. 울다가 지친 것인지 눈에 힘이 없어 보였다. 옆에는 하관하는 사진이 흔들림 없이 찍혀 있어 사진기를 잡은 아빠의 대범함에 다소 놀랐으나 그보다도 내 머릿속을 계속 맴도는 건 삼촌의 사진이었다. 내가 어른으로 보았던 한 사람이 아이의 얼굴로 누군가의 상실에 고통스러워했다는 사실이 내가 그의 삶과 죽음으로 들어가기 용이하게 했다면 이상한 말일까. 나는 그 사진을 통해 삼촌에게 느꼈던 아득한 거리를 좁힐 수 있었고 그에게 친밀감마저 느끼게 되었다. 사진 속의 그가 지금의 내 나이와 비슷해서 생긴 친근함일 수도 있고, 내가 떠나보낸 사람이 누군가를 떠나보내는 장면을 봐서 생긴 동질감일 수도 있겠다. 나는 한순간 내가 보거나 보지 못한 여러 장례식들이 겹쳐졌다. 외딴 죽음이 없다. 이 세리머니의 연속성은 나를 죽음에서 초연하게 만들었다.

나는 언제부턴가 죽은 자와 나누는 대화가, 그들과 공유하는 현재가 절실하게 필요하다고 느끼게 되었다. 산 자만이 기록을 이어갈 수 있다는 사실이 어쩐지 찝찝하게 느껴지기 때문이다. 절에 가면 스님의 어머니는 다른 사람이 들려 사나운 소리를 툭툭 내뱉으셨다. 신내림을 받은 동료는 내게 밥을 잘 챙겨 먹으라는 말을 반복했다. 내 몸에는 누군가 드나들지 않는다. 오감을 동원해서 분위기나 징후를 잘 알아채는 게 내 최선이자 내일을 대비하는 자세다. 내가 죽은 자와 교류하는 건 사진을 보고 독서를 할 때뿐이다. 그들이 과거에 남겨둔 걸 현재에 보고 현재의 감상을 늘어놓는 일이다. 나는 그들이 더는 한 글자도 쓰지 않는다는 점이, 어떤 일이 생겨도 변명이나 반론을 하지 않을 거란 점이 묘하게 매력적이었다. 대답하지 않는 사람에게 계속 질문으로 치받는 느낌이었다. 죽은 자와 대화를 나눈다는 건 뭘까. 죽은 자와 질 좋은 대화를 나누는 게 가능할까. 몸이 유일한 수단이 아닌 상태로.

하강하는 내가 침대에 누워서 섭렵했던 건 살인에 관련된 콘텐츠였다. 발톱 냄새를 맡는 듯한 쿰쿰한 취향이라 어디 가서 당당하게 얘기하지는 못했으나 콘텐츠의 회차가 거듭될수록 내 태도는 진지해졌다. 넷플릭스와 같은 OTT 사이트에 피가 낭자하고 육체가 너저분하게 전시되고 있다. 콘텐츠의 화각이 가해자에게 초점이 맞춰져 있는 살인이 깊은 사랑의 표식이나 자그마한 일탈 정도로 느껴질 때도 있었다. 나의 진입로로 자리한 작품은 트레이 보르질리에리 감독의 〈이블 지니어스: 누가 피자맨을 죽였는가?〉였다. 이는 FBI 미제사건 중 하나인 펜실베이니아주에서 벌어졌던 은행 강도 사건을 다룬 다큐멘터리다. 브라이언 웰스라는, 그 지역에서 피자 배달부로 생계를 지탱하던 사람이 몸에 폭탄을 차고 총을 겨눈 채로 은행에 등장한다. 출동한 경찰과 대치하던 브라이언은 폭탄을 제거할 수 있는 열쇠를 구해달라는 호소를 하다가 폭발물이 터져 목숨을 잃는다. 비디오의 화질이 떨어지고 드문드문 블러 처리가 되었지만, 브라이언 몸에 장착된 폭탄이 터지는 과정이 적나라하게 풋티지footage로 사용되어 다큐멘터리의 평이 많이 갈렸던 기억이 난다. 나는 이 다큐멘터리에서 이미지의 자극성만이 눈에 걸리지 않았다. 멀어져서 트레이 보르질리에리 감독이 적나라한 장면을 가져온 이유, 그가 그 장면을 풀어가는 과정이 눈에 띄었다.

브라이언 웰스의 몸에 장착된 폭탄은 우리가 잘 아는 무기의 만듦새, 매끈함은 전혀 찾아볼 수 없다. 마분지나 길거리에서 쉽게 주워 왔을 법한 쓰레기로 조잡하게 만들어졌다. 폭탄을 추적할수록 폭탄의 개발자는 자신의 얼기설기한 필체로 브라이언 웰스, 경찰, 시스템을 농락하는 태도를 보여준다. 폭탄을 추적하고 가해자를 지목하고자 이 다큐멘터리가 만들어졌다고 여겨질 쯤, 트레이 보르질리에리 감독이 알아내고 싶은 건 그게 아니란 게 드러난다. 트레이 보르질리에리 감독은 살해자 중 한 명으로 밝혀져 교도소에 수감된 마저리 딜 암스트롱과 철창을 사이에 두고 교류한다. 그녀가 그에 대한 경계가 흐트러졌을 때 자신의 오래 묵은 질문을 던진다. 피자맨, 브라이언 웰스가 당신들의 공범이었느냐고. 마저리는 아주 싱거운 목소리로 그가 자신들의 공범이 아니었음을 증언한다. 사건이 발생하고 10년 후에 이뤄진 일이었다. 증언 뒤로 트레이 보르질리에리 감독이 모은 수많은 사건 관련 자료, 마저리와 나눈 편지와 녹취록이 보여진다. 자극적으로 여겨질 수 있는 수많은 가능성이 있으나 감독의 이러한 집요함이 아니라면 그가 공범이 아니라는 사실이 밝혀질 수 있었을지는 모르겠다. 나는 사건 당시의 풋티지 이후에 그의 서사가 있기를 조마조마하게 바랐고 그걸 보아 다행이었다.

죽은 자가 삶의 명예를 회복하는 모습을 보았다. 그런데 내가 이 다큐멘터리에 담긴 죽음 작업을 열렬히 따르고 좋아한다고 말할 수는 없었다. 그 이유는 다른 작업물을 덧대어보고 박음질을 해나가면서 알아갈 수 있었다. 2019년, 푹푹 찌는 여름날이었다. 낙원악기상가에서 열리는 홍진훤 작가의 개인전 〈멜팅 아이스크림〉을 보러 갔다. 전시장 입구에서 바로 보이는 건 과하지 않은 색감을 가진 스냅 사진이었고 가벽 안에는 1시간 가량의 다큐멘터리 필름이 째깍째깍, 정시에 잘 맞춰 상영되고 있었다. 어떤 건물과 동상을 구석구석을 느리게 응시하는 장면, 픽셀이 다 깨져 아우성으로만 보이는 장면, 자신이 목격하고 찍은 장면을 구술하는 사람들. 그것들이 뒤섞여 괴로울 만큼 무언가를 찾으려 하고 더듬거리고 있었다. 내가 첫 번째로 그 영상을 보았을 땐 흐릿한 시각 정보, 자잘하게 쪼개진 음성이 합쳐져 불친절한 공연을 보았다고 느껴졌다. 시간이 조금 지난 후에는 누군가의 절규가 지나갔다는 감각이 남았고 다음 상영에서는 이 절규 자체가 익숙

홍진훤, 〈멜팅 아이스크림〉(2019)

하지 않은, 그저 낯선 내가 부끄러웠다.

홍진훤 작가의 다큐멘터리는 민주화운동기념사업회의 창고에서 수해 필름 뭉치를 발견하면서 시작된다. 8, 90년대 시기에 현장을 기록했던 이들이 그 시대와 현장, 사진을 증언하면서 필름 가까이 다가가고 복원을 고대하지만, 필름이라는 물질과 구술을 더듬자 복원보다는 돌이킬 수 없는 손상의 정도나 누락이 잔잔히 떠오른다. 작가는 그 과정에 자신이 자주 지켜본, 참세상 온라인 사이트에서 삭제된 2000년대 노동자 투쟁 영상을 잘게 잘라 배치한다. 복원과 멀어지는 복원의 과정과 쟁취 없는 투쟁, 절규와 잇따른 죽음이 뒤섞여 전시장에는 패배감이 열렬히 진동한다. 나는 풋티지로 사용된 투쟁 영상이 제일 기억에 남았다. 아니, 그건 얼얼했다. 열게 분쇄된 이 영상이 맹렬하게 움직이고 있어서. 영상 속의 사람들이 움츠리거나 팽창된 몸으로 강경하게 지키는 게 나를 결코 빗겨 나가지 않다는 걸 알아서 그랬다. 나는 작가가 작정하고 선사한 패배감에서 건져온 게 있다. 무기력했다. 어느 한 편으로 나는 무기력하지 않았다. 무기력 다음 환각과 같은 각성이 있었고 패배를 피하지 않고 제대로 응시하는 게 하나의 움직임이란 걸 깨달았다. 전시장에는 작가의 글이 비치되어 있었다. 한 손에 들어오는 종이에 작은 글씨로 글이 적혀 있었다. 민주화라는 단어 안에서 미끄러지고 흘러내린 것들, 사람들이 있었다. 그는 바라보는 걸 좋아했고 바라보기만 할 줄 알아 그저 바라보았다. 열렬한 패배 안에서도 왜 패배했는지 눈을 치켜뜰 사람이었다.

그곳에는 외딴 패배가 없었다. 나는 그의 작업을 보고 내가 보지 못한 여러 투쟁이 겹쳐졌다. 그는 거리를 두고 바라보는 사려와 치밀함 사이를 서성이며 사회에서 자잘하게 흩어진 누군가의 치열함의 이음새를 찾았다. 연속성. 감정을 가라앉히고 이음새 찾기. 내가 좋아하는 작업은 해답에서 물러나 관객들과 물음표와 여운을 공평하게 나눠 가진다. 나는 카메라로 무언가를 포착할 수 있고 때에 따라 조명을 선택할 수 있다. 사진은 내가 바라보는 걸 그 자리에서 무대에 올리는 힘이 있다. 그렇기에 무대를 조성하는 태도와 그 안에 실릴 피사체가 중요하다. 죽은 자나 그가 따른 가치, 회복 같은 건 만져지지 않기에 안개 서린 풍경을 바라보는 것처럼 뿌옇다. 자신이 원하는 것보다 타인이 무엇을 원하는지 질문하라고 했던가…. 사자가 무엇을 원하는지 질문하고 구현할 상상력이 내겐 필요하다. 내게 복원하고 싶은 죽음이 있는가. 회복시키고 싶은 사자의 가치가 있는가. 기록은 연결되고 있다. 철저히 혼자이다가도 타자가 쌓아 올린 탑에 돌을 쌓는 일. 무너지지 않게. 예리하게.

은은한 가난과 사진

무당 아줌마는 내가 열일곱 살 때부터 하고 싶은 공부를 찾아서 할 거라고 말했다. 나는 예견된 삶을 사는 사람이라도 된 것처럼 열여섯에 예술 고등학교 사진과 입학 원서를 적고 있었다. 내가 살던 도시는 비평준화 지역으로 고등학교도 시험을 치르고 입시를 해야 했다. 나는 어쩐지 그게 내키지 않았다. 시험 공부를 하고 학교에 들어가서 야간 자율 학습을 하기에 나는 삶에 대한 애착이 그렇게 크지 않았다. 말수가 적고 움푹 파인 나를 숨겨둔 게 사진과 영화였기에 이게 내 공부가 된다면 조금 낫지 않을까, 작은 희망을 품게 되었다. 실기 고사에서 내가 빠져 있는 시공간을 묘사하니 높은 점수가 따라왔다. 나는 예상치 못한 점수로 예술 고등학교 사진과에 합격했다. 합격증을 들고 동네에 돌아가니 중학교 선생님들은 의아해했다. 그리고는 무용과 합격을 축하한다고 했다. 내 팔자걸음이 이상한 소

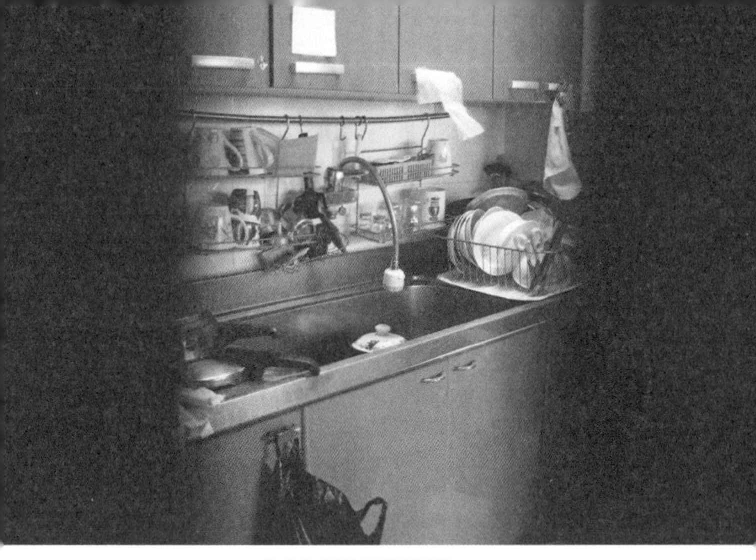

황예지, 〈집의 시간〉(2009)

문을 만들었던 거였다.

집에 돌아가서 합격 소식을 알리니 아빠의 표정이 여러 개로 뒤섞였다. 몇 초 뒤, 그의 표정은 축하를 생략하고는 우리 형편에 무슨 예고를 가느냐며, 일 년 꿇고 상업 고등학교에 가라고 볼멘소리를 했다. 그는 진심으로 하는 말이었다. 그 말은 이상할 게 하나도 없었다. 형편이 어려워지면서 엄마가 자취를 감추고 월셋집에서 근근이 먹고 사는 집에 사는데 내가 예술 고등학교를 간다니. 말도 안 되는 일이었다. 그런데 나는 그 당시에 내 삶을 증명할 방식이 필요했다. 오기를 부리지 않으면 곧 죽을 것만 같았다. 아빠에게 알아서 할 테니 입학만 허락해달라고 했다. 입학 첫날이 되자마자 교무실에 가서 학교를 다닐 수 있게 도와달라고 했다. 장학금에 눈이 밝은 담임 선생님은 내가 앞으로 할 일들과 성적들을 설계해주었다. 공부를 놓고 지내던 나는 사진을 하기 위해 나 자신을 장학생으로 탈바꿈했다. 교감 선생님은 교복이 불량하다고 나를 벌점을 주려고 했고 담임 선생님은 우리 반 모범생이라고 나를 씩 웃으며 빼냈다.

열심히 하는 모습에 아빠도 마음을 열고 준비물 비용을 도와주기 시작했으나 같은 반 친구들의 씀씀

황예지, 〈17살에 찍은 아빠의 발〉(2009)

이를 따라가긴 영 어려웠다. 나는 가난함을 오기나 근면성실, 유머로 채우곤 했다. 나 혼자 못 채우는 구석은 친한 친구들이 진한 우정으로 채워줬다. 값이 나가는 재료나 사진기를 필요할 때마다 빌려주었고 나는 미안한 내색도 없이 썼다. 집은 나날이 힘들어졌지만, 그때는 사진을 하는 게 슬프지 않았다. 사진으로 슬퍼할 수 있었기 때문에. 사진 안에서 몸을 구기고 울 수 있었다. 슬픔을 내비쳐도 누군가가 들여다봐주었다. 공고한 우정이 깃든 날은 사진을 하는 게 쉬웠다.

친구들과 떨어지고 대학교에 입학하면서 사진을 하는 게 어려워졌다. 학비는 고등학교에 비해 두세 배 올랐고 입학처는 냉소적이었다. 재잘재잘 내 사정에 대해 말할 수 있는 어른들이, 눈치 안 보고 물건을 빌릴 수 있는 친구들이 사라졌다. 교복을 벗으니 걸쳐야 하는 옷이 많았다. 나는 차를 타고 다니거나 좋은 옷을 입는 친구들을 아주 몹시 부러워하고 있었다. 내가 몇천 원에 산 은반지와 한 친구의 디자이너 브랜드 반지. 나의 얇은 외투와 한 친구의 두텁고 예쁜 외투. 나는 졸업 학기를 앞두고 일 년 휴학했다. 쓸 수 있는 오기를 다 쓴 느낌이었다. 뭘 해도 내 은은한 가난을 감출 수 없다고 생각이 들었다.

오래된 사진들을 보면 사진기 옆엔 부유하게 차려입은 귀족들이 서 있다. 사진은 돈 많은 이들, 권력을 휘어잡은 이들에게 손쉬운 매체이다. 그 뿌리는 변화를 주려고 해도 변화를 줄 수 없는 어떤 명징함이 있다. 휴학하고 세계 과자 전문 할인점에서 빨간색 유니폼을 입고 아르바이트를 하면서 내 사진을 정립하는 시간을 가졌다. 사진기에 먼지가 쌓일 때까지 사진기를 들지 않았다. 나는 내 사진에 드러나는 다세대 주택의 타일과 임대 아파트의 빽빽함, 살집이 불어나고 각기 다른 병을 앓는 가족들이 싫었다. 처지가 결코 나아지지 않는 내 은은한 가난이 미치게 싫었다. 나는 이것들의 명예를 찾아줄 수 있는 사람일까.

도망가지 않고 사진을 찍었다. 도망갔다가도 돌아와서 내 근원을 집요하게 훑었다. 나와 이들을 모른체하면 나는 콧대를 쳐들고 사기를 치거나 기만하며 살 게 분명했다. 내 사진을 본 한 작가가 나중에 말해줬다. 보여주긴 다 보여주지만, 절대 동정할 수 없게 하는 태도가 묻어 있다고. 나는 그 이유가 내 방식의 포옹에서 왔다고 생각했다. 부끄럽고 싫고 떨어지고 싶고 닦아내고 싶지만, 나는 결국에 껴안는 사람이라서 최악의 상황에서도 나는 삶의 지속성을 보려고 애썼다. 돌아가기. 무작정 있는 그대로 바라보기.

또 바라보기.

사진에서 품성이 보이나? 일단 인화지나 액자에서는 돈을 얼마 썼는지 잘 보인다. 돈이 많다면 사진 하기에 훨씬 유리할 수 있다. 그리고 또 그렇지 않을 수도 있다. 나는 돈에 대해서는 적당한 비관을 갖고 작업을 유지하고 있다. 사진을 하면서 나보다 어린 친구들을 만났고, 그들에게 사진을 친구로 두라고 권하고 싶은 마음이 컸다. 이유 없는 패배감이 몰려올 때도 있지만, 나는 적게 돈을 쓰는 요령을 만들어서라도 사진을 내 친구로 두는 행위를 적극적으로 지지하고 싶다. 스스로 처지를 바꿔 나가는 지난한 과정에 있는 사람으로 나는, 은은한 가난 덕에 생긴 매력을 발견하고 있다. 가난 속에서 태어난 독특한 나의 미감이 있고 돈을 적게 쓰면서 좋은 작업을 만드는 잔기술들을 알고 있다. 생활에 대한 맷집이 좋고 타고난 부지런함과 생산성이 있다. 사진들로 쌓은 공고한 우정이 있다. 이것들은 내 괴로운 시간을 증빙해주는 유일무이한 산물이다. 필름 더미에 실리카겔 몇 알 내어주지 못하고 있지만, 나는 앞으로도 지긋지긋하게 사진을 찍을 것이다. 나는 든든한 지원군으로, 가난한 사진을 많이 보고 싶은 마음이다.

상실사진

어떤 한 사람에게 자신이 고루하고 평탄하게 살아와서 어떤 사진을 찍어야 할지, 어떻게 사진의 매력을 만들어야 할지 잘 모르겠다고 푸념하는 걸 들은 적 있다. 내가 한 번도 생각해보지 않은 측면의 이야기라 멍해졌고 말을 흐리게 됐다. 그 뒤로 사진과 사연의 관계에 대해 생각해보게 됐다. 내가 아는 선에서 사진이 비극적인 전말을 다루고 있을 때 유리해지는 측면이 있다. 사람들은 비극에 동요하고, 비극이 낱낱이 보이는 장면에는 더 큰 동요를 한다. 이 동요의 매혹을 알기 때문에 창작자들이 애타게 사연을 찾아다니며 서성거리는 게 아닐까. 나는 사연이 선악과처럼 느껴질 때가 종종 있었다. 창작물을 마냥 미감에 치중해서 봤다면 이제는 창작자가 어디에, 어떻게 자신을 심는지 바라보는 게 중요해졌다.

강의실에 앉아 수업을 듣는데 끔찍한 사진 한 장

이 한쪽 벽면을 꽉 채웠다. 1930년, 로렌스 바이틀러Lawrence Beitler라는 미국 사진가가 인디애나에서 일어난 린치 사건을 촬영한 사진이었다. 두 명의 흑인 소년이 피투성이가 되어 나무에 목이 매달려 있고, 나무 밑을 채운 백인들은 흑인 소년들을 손가락질하거나 축제의 미소를 짓고 있다. 백인들의 표정에 '내가 너희를 엄벌할 것이다.'라는 의식이 침투해 있어 제법 공포스러운 사진이었다. 사건은 살인 현장에서 밤늦게 돌아다니다가 억울하게 누명을 쓰고 용의자로 지목되어 체포된 흑인 소년들을 백인들이 감옥을 부수고 끌고 나와 린치를 가한 것으로 알려져 있다. 흑인이 저지르지 않은 범죄의 누명을 쓰고 체포되거나 목숨을 잃는 사건은 미국 사회 전역에 비일비재하며 이 사진은 인종차별에 대한 역사적인 상징물로 오래오래 회자되고 있다.

어떤 방식으로든 내가 이 사진을 접해야 했다는 사실을 알지만, 예기치 못한 순간에 폭력적인 이미지를 흡수하게 된 충격은 잘 가시지 않았다. 이 사진이 담은 비극적인 전말을 제외하고 나는 이미지의 폭력성과 그 유통에 대해 생각하지 않을 수 없었다. 교수님은 사진을 사진으로 봐야 한다는 코멘트를 남겼지만, 사진은 언제나 현장성이 강한 매체이기에 나는 사진 이전에 육체를 떠올리게 되었다. 사진에서 아주 눅진하고 쿰쿰한 냄새가 났던 기억이 난다. 이 사진은 필히 찍혀야 했고 잊히지 않아야만 했다. 그런 의미에서 이 사진은 강렬하여 좋은 사진이다. 그런데 내게서 자꾸만 솟아오르는 불편함이 어디서 기인하는 걸까 궁금해졌다.

2012년 12월 4일, 미국 타블로이드 신문 뉴욕 포스트에 지하철에 치여 숨진 한인의 사고 직전 사진이 커버 사진이 되는 일이 있었다. 맨해튼49가역에서 한 흑인 남성에게 밀려 선로에 떨어진 중년의 한인 남성이 지하철을 바라보며 플랫폼에 올라오려고 움직이는 장면 사진에 담겼다. 선로에 떨어진 사람이 곧 죽을 운명에 처했다는 글귀까지 흰 글씨로 커다랗게 적혀 있었다. 왜 찍었는가. 왜 구하지 못했는가. 왜 커버에 실었는가. 이런 질문을 내뱉기 이전에 나는 이미지의 생생함에 먼저 경악했다. 이미지를 가쁘게 찍었다고 하기에는 셔터의 흔들림이 없고 선로에 떨어진 사람에게 맞춰진 구도의 안정감이 지나치게 좋았다. 나는 로렌스 바이틀러가 촬영한 린치 사건과 이 사진에서 동일한 불편함을 느꼈다. 사진가와 피사체 사이의 보이지 않는 선이 그어져 있고 사진가는 자신이 안전하다는 사실을 명백하게 알고 있다. 보이지 않는 선에는 인종

노순택, 〈얄읏한 공〉(2006)

과 계급, 물리적 위치가 진하게 새겨져 있다. 많은 수의 저널리즘 사진, 다큐멘터리 사진이 이 선을 유지한 채 이미지의 자극성을 좇는 양상을 띤다.

위급한 사진을 찍는 순간 흔들림이 더해지거나 구도가 안정적이지 않았더라면 나는 조금 더 후한 점수를 줬을까. 다큐멘터리 사진에서의 좋음은 언제, 어떻게 작동하는 걸까. 사진을 따져볼 수 있는 나만의 시선이 필요했고 카메라를 거두고 다른 작가들의 사진을 찾아보기 시작했다. 한국에서 활동하는 다큐멘터리 사진가 노순택이 내 시선의 좋은 지표가 되어주는 경험을 했다. 노순택 작가는 분단 체제가 한국 사회에 남긴 것, 그것의 작동과 오작동을 사진으로 담고 있다. 나는 예술 고등학교 사진과를 재학 중이던 시절에 사진들을 찾아보다가 그의 작품을 알게 되었다. 내가 처음 본 그의 작품은 2006년 작 〈얄읏한 공〉이며 여전히 그 시리즈를 그의 작품 중 제일 좋아한다. 〈얄읏한 공〉은 그가 경기도 평택 팽성읍 대추리 황새울 들녘에 세워진 미군 군사 시설 레이돔과 그 주변 풍경을 3년간 촬영한 사진 작업이다.

레이더rader와 돔dome을 합성한 단어인 레이돔radome. 레이돔은 유형학적 사진의 창시자 베허 부부가 촬영한 여느 물탱크, 가스탱크처럼 대칭적으로 반듯하게 생겼다. 동그랗고 하얗게 빛나는, 존재감이 강한 공이 상단에 떠 있다. 작가는 왜 평화로운 들녘에 이 원형의 시설이 솟아났는지, 이 시설을 무엇이라 부르며 미군이 이러한 군사 시설을 만든 목적은 무엇인지, 이 시설과 그 주변에서 생계를 이어가는 사람들의 관계를 사진으로 질문하고 조망한다. 고요하게 자기의 할 일을 해나가는 농민들, 일상을 보내는 터전의 주인들이 나오는 고루한 대비의 흑백사진 속에 흰 공이 반복해서 등장한다. 작고 크게 사진에 등장하는 공을 거듭해서 발견하다 보면 이 공의 존재가 무언가 석연치 않다는 걸 알 수 있다. 서서히 조여 오는 불안감이 있다. 나는 어느 순간부터 이 흰 공이 영화 〈멜랑콜리아〉의 등장하는 거대한 행성, 종말을 가져다주는 존재처럼 감각되었다.

노순택 작가가 이 시리즈에 덧댄 작업 노트를 읽으면 이 공의 야릇함, 의뭉스러움을 구현하기 위해 애쓴 흔적이 고스란히 담겨 있다. 반대항으로 농민들의 둥근 얼굴을 찍기도 하였지만, 작가는 (그의 말마따나) 애달픈 농민 이미지를 사용하지 않고 이 공을 보여주기를 택한다. 전혀 자극적이지 않은 흑백사진에서 나는 전쟁과 제국주의, 식민을 발견한다. 이 시리즈는 권력, 다시 말해 폭력이 얼마나 자연스럽게 우리 삶을 침투하고 있는지 무섭도록 차분하게 보여주고 있다. 노순택의 사진에서 사진가와 피사체가 되는 인물 간의 보이지 않는 선이 해제되어 있다. 그가 인물에게 다름을 느끼지 않으며 그들의 일상을 침해하지 않으려 했기 때문에 그렇다. 그는 오히려 그는 배경을 차지하는 서사와 사건에 선을 긋고 관객으로 하여금 낯익은 두려움을 극대화한다. 그의 사진과 고민들은 아주 신랄하고 정중하다. 다큐멘터리가 가질 수 있는 가장 탁월한 어휘가 아닐까.

2022년 10월 29일, 이태원 거리 한복판에서 참사가 일어났다. 핼러윈을 즐기려고 모인 사람들의 즐거운 발걸음이 대규모 압사 사고로 이어졌다. 극단적인 선택을 한 10대 참사 생존자를 포함하여 이번 참사 희생자는 159명이다. 사건 발생 훨씬 전부터 인원 밀집에 대한 신고가 이어졌지만, 즉각적인 통제는 없었다. 당일의 인력 배치, 진상 규명, 참사 이후 대처와 사과에 대한 논의들, 정부 측의 대응에서 나는 묘한 기시감이 들었다. 희생자들의 나이가 무척 어리다는 것과 안전에 대한 국가의 시스템이 제대로 작동하지 않았다는 것. 유가족들이 광화문 어귀에서 책임자 처벌, 진상 규명을 외치며 투쟁하기 시작한 것. 2015년에 일어난 세월호 참사 때 본 장면들이 마구 얽혀들었다.

10.29 참사가 세월호 참사와 다른 부분이 하나 있다면, 사진이다. 세월호 참사는 진도 해역에서 일어나 휴대폰을 복원하여 사건 당시의 사진과 영상을 몇몇 개 찾을 수 있었다면, 이태원 참사는 수많은 인파 속에서 일어나 사진과 영상이 정제 없이 쏟아졌다. 개인 소셜 네트워크를 통해 다소 적나라한 사진과 영상이 유포되었고 몇몇 방송사는 사건 관련 사진과 영상을 제보를 마구잡이로 받았다. 그날 타임라인에는 구급차와 누워 있는 사람들, 사건을 제대로 인지하지 못해 웃고 떠드는 사람들, 살려달라는 외침, 시끄러운 음악 소리로 뒤섞여 혼란 그 자체였다. 참사 이후 시간이 좀 지나서 자극적인 사진과 영상을 소비하지 말자는 움직임이 생겨났지만, 그날 새벽에 이미지들을 둠스크롤링doomscrolling한 사람들이 고통을 호소하는 모습이 잇따라 보였다.

나는 10.29 참사 직후 정부가 추진한 국가 애도 기간,

문화예술계의 행사 취소 권고에 대해 강한 의구심이 들었고, 이미지의 폭력성과 유통에 관해 서투른 말이라도 공유할 수 있는 장이 필요하다고 느껴졌다. 그 과정의 일환으로 10.29 참사 추모 사진 행동 '상실사진'* 이라는 프로그램을 기획하고 꾸리게 되었다. 다섯 개의 프로그램이 만들어졌고 여섯 명의 동료 사진가가 선뜻 나와 이 사진 행동을 함께 해주었다. 행사는 2022년 11월 7일부터 11일까지 매일 저녁 온라인으로 진행되었다.

내가 동료라고 부르는 사진가들은 현장과 상실, 다큐멘터리 사진을 첨예하게 고민하는 사람들이었고, 이들의 사진을 포개 보았을 때 어떤 지형이 생겨나고 움트는지 눈으로 확인하고 싶었다. 세월호 참사와 참사 이후 국가가 연출하는 풍경을 의심스런 눈빛으로 담은 사진가 주용성의 〈애도 공식〉, 2022년 중대재해처벌법 시행 후, 노동자들이 죽은 일터를 찍으면서 연대의 의미를 다시 재정립하고자 하는 사진가 장진영의 〈당신이 없다면 나는 누구인가〉, 밀양을 배경으로 에너지, 국가, 지역공동체 간의 복잡한 관계망

---

* https://linktr.ee/losingimage

과 현상을 담는 사진가 박기덕의 〈무지근한 자격〉, 퀴어 정체성을 가지고 살아가며 자신과 그들의 일상-삶과 죽음, 그 사이를 담는 사진가 성재윤, 홍지영의 〈밤의 친구들〉, 언론의 사진기자로 살아가며 슬픔을 대상화하는 위치, 유가족과 보낸 시간, 그 사진을 고민하는 사진기자 신선영의 〈3미터 추모〉 이렇게 다섯 개의 사진 프로그램이 구성되어 진행되었다.

5일 동안 행사를 진행하면서 나는 질문을 건넸고 그들은 대답했다. 침묵이 여러 번 유지되고 모르겠다는 말, 물음표가 물결처럼 범람했다. 사진기자 신선영의 〈3미터 추모〉가 행사의 마지막 날이었다. 마지막 날에는 참가자들과 함께 마이크를 켜고 대화를 나누는 시간이 가졌는데, 참가자 중에는 세월호 참사, 10.29 참사 희생자와 세대가 같은 이들, 세월호 참사 희생자와 나이가 같으며, 세월호 참사가 일어난 시기에 안산에서 학교를 다닌 이가 있었다. 그들이 느끼는 안전에 대한 감각은 '나의 일이다, 내가 그곳에 있었다.'는 감각으로 다른 세대와는 느끼는 결이 완벽히 달랐다. 그들의 목소리는 흔들렸고 예기치 않은 순간에 눈물이 터져 나왔다. 사진기자 신선영은 그들에게 그 세대의 다큐멘터리 사진을 꼭 보고 싶다고 했고, 그에 화답하듯이 참가자 한 분이 몇 주 지나 이태원을 찍은 사진과 프로그램 참가 후기를 공유해주었다. 참가자의 사진은 특이하게도 주황색이 많이 감돌았다. 참사 현장의 모습, 시민들이 두고 간 포스트잇과 인형을 담은 근접 사진이었는데, 그곳에서 우연찮게 발현되는 다정함이 잘 담겨 있어 조금 놀란 기억이 난다. 그들을 자신의 친구라고 느끼지 않았더라면 찍지 못했을 사진이었다. 사진 안에 설명할 수 없는 온기와 동력이 있었다.

이미지가 무성하게 생성되며 퍼져나간다. 이미지의 폭력성이 점점 짙어짐을 부정할 수 없는데, 그렇다면 사진이 무언가를 말하고 행동할 수 있는가? 무력감을 딛고 사진으로 연대할 수 있는가? 나 홀로 답을 내려야 했다면 망설이거나 고개를 저었을 테다. 사진을 기꺼이 포개어보는 동료 작가들, 주황색이 감도는 참가자의 사진들, 애도의 품을 고민하는 침묵…. 내가 이 작용과 동행할 수 있다면 어쩐지 겨뤄볼 만한 싸움이라고 여겨진다. 내가 이 지난함 속에서 이토록 사진을 믿는 건 다큐멘터리 사진이 내게 준 잉걸불이 꺼지지 않고 계속 타오르기 때문일 거다. 질긴 고민 안에서 찍힌 다큐멘터리 사진을 보면 겸허함, 부끄러움이 몸속 깊은 곳까지 치민다. 그 사진들은 인간성을 환기하고 내가 세상의 일부임을 일러준다. 책임을 묻고 내게 불씨가 되어 타자와의 관계를 맺게끔 한다.

나는 세월호 참사 이후에 진행된 철학자 김진영의 인터뷰를 자주 들춰보았다. 그는 애도가 새로운 관계를 만들어내는 것이라고 말했다. 지금까지 맺어온 관계를 상실한 것에서 비롯된 슬픔 작업이 하나, 그 관계의 문제점도 함께 성찰하면서 새로운 관계를 맺어가는 것이 다른 하나라고. 기존 담론에 기대지 않고 죽은 자들과 직접 관계를 맺을 때 새로운 지평이 열릴 것이라고 말했다.** 사자와 관계를 맺는 것이다. 나는 아직 내 사진과 사연 – 죽은 자 사이에서의 좋은 자세를 찾지 못했다. 몸이 뒤틀리고 휘청거릴 때면 몇몇 사진가들의 자세를 떠올린다. 삼각대처럼 꼿꼿하게 두 다리를 땅에 심고 외부를 바라보는, 날카로운 눈동자와 그들의 깊은 피로와 굳은살. 나는 그들의 자세에서 셔터를 누르는 행위보다 바라보는 시간이 더 중요하고 마땅하다는 사실을 알아간다. 나에게는 천천히 불을 지

** 김진영, 「정치적 애도가 본질이다」,
http://na-dle.hani.co.kr/arti/issue/710.html

필 시간이 필요하다.

낭독회

장마철이 가진 리듬감은 독특하다. 이쯤에서 해가 뜨지 않을까 생각하면 빗방울이 무겁게 떨어진다. 사람들은 손으로 처마를 만들고 다급하게 뛰어간다. 옷 구석구석에 빗물이 퍼지고 대화 소리가 한 김 식는다. 나는 작은 난처함이 퍼지는 이 장면을 유심히 바라보는 걸 좋아한다. 작년 장마철은 용산에 자리한 한 공간에서 사진과 에세이를 엮는 워크숍을 진행하며 보냈다. 돌풍이 불거나 하늘빛이 옅은 먹색인 경우가 대부분이었다. 책상 위에 갓 프린트되어 열기를 품고 있는 과제 합본과 사진이 담긴 스크린, 잘 깎인 연필이 정갈하게 준비되어 있었다. 오기 싫지 않으셨냐고 농담조의 질문을 던지고 시작했다. 참여자들의 마스크가 미묘하게 들썩거렸다.

페이지를 넘기며 그날의 글들을 만났다. 참여자들의 깊은 눈빛을 받을 때마다 생경한 느낌이 들었다.

생경함은 내가 교육에 가까운 자리에 있다는 사실에서 퍼졌다. 워크숍을 제안한 담당자님과 회의할 때 이 워크숍을 맡아도 되겠냐고 재차 묻기도 했다. 나는 교육의 틀 안에 있을 때 겉돌거나 반발심이 이는 학생이었다. 중학생 때까지 학교생활에 적응이 어려웠고 외부 작용에 지쳐서 집에 돌아오면 고꾸라지듯이 잠들었다. 수업마다 잠드는 나를 보고 한 선생님은 자퇴하는 것이 어떻겠느냐 비아냥거렸다. 그 시기에 내게 각인된 건 교육보다 교육자의 피로도와 그들의 감정 처리 능력이었다. 그들의 부정적인 감정은 공기를 타고 나에게 주입되었다.

대학교 사진과를 입학하고 나서는 한 고등학생에게 수업을 해줄 수 있냐는 요청을 받았다. 얼마간 고민하다가 수락했다. 어떤 의식을 가지고 시작한 일은 아니었고 순전히 사진 재료비, 생활비가 필요했다. 어깨너머로 배운 것들을 정리해서 첫 수업을 가졌다. 처음에는 긴장해서 파워포인트 100페이지가 넘는 수업 자료를 준비했다. 후반으로 갈수록 준비하는 자료의 페이지 수가 줄었다. 사진 보는 시간을 줄이고 그 친구의 이야기를 들었다. 그 친구가 말하는 것을 자르지 않고 처음부터 끝까지 들으려고 노력했다. 자신이 했던 이야기를 다시 들려주고 자주 반복해서 말하는 단어나 표현을 일러주었다. 그때마다 그의 눈이 동그래졌다. 사람마다 감정과 생각에는 다른 경로가 있다. 공감과 이해는 선부를 수 있어 이 경로를 먼저 함께 탐색해보고자 하는 것이다.

생계를 위해서 시작했던 수업이 10년이 가깝게 지속되었다. 창작만큼이나 나를 겸허하게 만드는 이 일에 부채감을 느끼지만, 동행이라는 개념에서 계속해보고 싶은 일이 되었다. 물론 이 동행은 제때 잘 헤어지는 것도 중요하다. 수많은 사람과 이야기가 지나갔다. 내가 보았던 사진과 글이 전시되기도 하고 책으로 만들어지기도 했다. 두 딸을 성인이 되도록 기르고 혼자만의 시간을 가지고 계신 중년 여성분이 워크숍을 등록한 일이 있다. 하루하루 내 얼굴이 둥둥 떠오르고 과제가 떠올라서 피곤하다고 막 고개를 내저었다. 무척 진절머리가 난 모양이었는데 자리에 있는 전원이 웃으며 동의의 신호를 보냈다. 매주 강도 높게 장면과 글감을 채굴하라고 권하는 사람을 만나는 게 얼마나 곤혹스러운 일일까. 나 역시 웃음으로 무마하는 수밖에는 없었다.

장마철에 시작한 워크숍은 비가 오는 날 낭독회

를 가지며 끝으로 향했다. 참여자들은 각자 각별하게 생각하는 손님을 모셔왔다. 다들 빈손인 채로 오지 않아서 나눌 음식이 풍성했다. 떨리는 모습을 하고 마이크 앞에서 참여자들은 본인의 이야기를 완주했다. 가족과 죽음, 애도, 무기력 등 각자가 가지고 있는 내밀한 이야기가 음성으로 퍼졌다. 음성이 귓가에 닿으면서 그 이야기들은 바로 옆에 있는 이야기, 보편의 이야기로 치환되었다. 참여자들은 이 자리가 안전하다는 감각 때문에 멀리 가볼 수 있었다고 말씀하셨다. 그건 모두의 경청으로 쌓은 움막이었다. 비를 피하는 마음으로 이곳에 모였던 우리는 정동을 나눠 가지고 집으로 돌아갔다.

비가 부슬부슬 내리고 있었다.

홍콩에서 쓴 편지

홍콩에서는 다른 것보다 음식이 힘들었다. 시위를 쫓아 하루에 몇만 보씩 걷는 것보다도 곤욕스러웠다. 바쁜 일정에 음식점을 잘 알아보고 들어갈 수 없었다. 음식점에 들어가면 대부분이 육식 위주의 식단으로 이루어져 있었다. 돼지고기, 소고기, 양과 천엽, 각종 내장이 간장 소스에 절여져 나왔고 채소는 청경채와 모닝글로리를 데친 게 전부였다. 고기와 연관 없는 것들을 몸이 몹시 그리워하고 있다고 느꼈다. 한 나라의 중대사를 사진으로 담겠다고 떠나와서 반찬 투정 같은 걸 놓을 수 없다니 참 이상한 일이었다. 하루아침에 내가 보는 풍경이 완전히 달라졌는데 나는 방문을 틀어 잠그고 나오지 않는 사람처럼 굴었다. 시위 현장에 가면 열 띄게 사진을 찍을 줄 알았건만 카메라를 내려두고 멍하니 쳐다보는 시간이 훨씬 길었다.

나는 사진을 엄격하게 배웠다. 고등학교 때 만난

황예지, 〈홍콩〉(2019)

사진 선생님은 손톱을 바짝 깎고 단정한 몸과 마음을 유지하도록 시켰다. 매주 두 롤 이상의 흑백 필름을 촬영하고 직접 현상과 인화를 해야 했다. 필름마다 언제, 어떻게, 무엇을 찍었는지 데이터와 코멘트를 적어야 했다. 제대로 기록하지 않으면 크게 혼났다. 고리타분한 교육이라고 손가락질받을 수 있는 방식일 수 있겠으나, 나는 긴장을 느끼며 사진을 배웠던 게 다행이라고 생각한다. 사진을 하면 할수록 사진이 녹록지 않다고 느껴지기 때문이다. 사진 안에는 실존하는 장소와 사람들이 있다. 사진은 진실의 자료로 사용되고 있다. 그러나 사진에는 아무리 사진가가 감정을 배제하려고 한다 해도 한 사람의 의도와 성향이 다분하게 묻는다. 손쉽게 실존하는 것을 내 맘대로 가편집할 기회가 생긴다는 건 우습게 볼 일이 아니지 않을까. 자신에게 엄격하지 않으면 사진은 내가 바라본 대상을 저해하기 쉬운 매체가 되니까 말이다. 미감이 대단한 사진보다 다큐멘터리, 저널리즘 사진이 골치가 아픈 건 이 때문일 것이다. 미감을 따르고 내 이야기를 따라서 골치 아픈 일들을 피해왔는데 내게 육박한 장면이 이때까지 내가 본 장면과는 많이 달랐다.

싸움. 나는 이 단어와 얼마나 동떨어져 있는가. 불행과 은은한 가난을 치르듯이 살아온 것은 맞으나 나는 내 몸을 내세우고 거리에 뛰어들어본 적이 없다. 내 눈앞에 일어난 일이 아니라면 생소하기만 했다. 내 나라에서 무고한 사람들이 죽고 노동자들이 죽고…… . 미래의 살 권리를 위해 거리에서 사람들이 싸웠는데 나는 그걸 아주 낡은 흑백사진을 보는 듯이 했다. 아득한 질감이라 절대 닿을 일 없는 그런 사진 말이다. 사진을 찍고 또 찍으면서. 사진과 동행하면서 내게는 피사체가 늘어났다. 나로 시작해서 가족과 친구, 동료로, 그의 가족들로 계속 퍼갔다. 내가 사진을 찍는 동안에 몇몇이 부당한 일을 겪었다. 몇몇이 앓았다. 몇몇이 잔뜩 화가 난 얼굴로 피켓을 만들고 거리에 나갔다. 그들에게 왜 그러느냐고 물으면 잘 살기 위해서라고 답했다. 멀쑥하게 잘 살려면 고개를 돌리고 모르는 척해야 하는 줄 알았지, 화를 내고 싸워야 한다는 걸 나는 몰랐다. 나는 이런 싸움, 저런 싸움에 동떨어져 있지 않았다. 누가 나 대신 싸워주고 있었을 뿐이었다.

카메라를 들고 투쟁의 자리에 서면 내가 누락한 장면들을 단번에 이해할 수 있으리란 터무니 없는 기대가 있었다. 마법사의 돌을 만지기라도 한 듯이 나의 깨달음과 동시에 가루가 휘날리고 흑백사진이 명료한 색채를 찾을 줄 알았다. 하지만 그런 일은 일어나지 않았다. 내가 알아들을 수 없는 말들은 피부에서 미끄러졌고 사태를 바라보면 바라볼수록 쭉 밀려나는 느낌만 들었다. 그도 그럴 것이 나는 대치 현장에 있을 때마다 헤어진 전 연인의 생각이 불쑥불쑥 났다. 내게 위협이 가해지거나 사리분별이 되지 않을 때. 나는 그의 듬직한 존재가 떠올랐고 그의 잔상 뒤로 자꾸 숨게 되었다. 유령처럼 내 앞을 어슬렁거리는 그를 잡아채 떼어내지 않으면 나는 계속 홍콩을 사랑의 잔해로 뒤덮인 도시로 볼 요량이었다. 시위 현장에서 벗어나서 숙소로 돌아가는 길과 길마다. 색색의 네온사인과 해가 저무는 물가, 적당한 습도가 나를 이상하리만큼 상기시켰다.

헤어진 전 연인과 오 년이란 시간을 함께했다. 스물하나에 그 사람을 처음 만났다. 애정에 지지부진하던 내가 대학교를 들어가자마자 그의 우직함이 좋아 졸졸 따라다녔다. 나보다 네 살이 많던 그는 나에게 가족과 같은 애정과 책임감을 느꼈다. 내가 학비나 준비물 비용으로 애를 먹으면 그는 어디서 일을 해서라도 나를

황예지, 〈홍콩〉(2019)

도왔고, 듬성듬성 내 가족에게 일이 생길 때마다 그는 자기 일처럼 나서서 일을 해결했다. 태어나 한 번도 받아본 적 없는 신의와 묵직한 애정이었는데 나는 그걸 당연하게 여기기 시작했다. 조금이라도 그 애정이 협소해졌다 싶으면 불만을 표출했다. 변덕스러운 나는 그에게 헤어지자고 했다. 반년이 지나고 다시 만나고 싶다고 말했다. 그는 나 없이 지낸 반년이 무척 괴로웠다면서 안 되겠다고 했다. 나는 그때야 내가 무얼 놓쳤는지 깨달았다.

나는 두려운 일이 있으면 그의 뒤에 숨었다. 먼저 보고 싶지 않은 장면을 그가 먼저 보았으면 했고 두려운 일과들을 그가 처치해주었으면 했다. 그때의 나는 전화나 질문, 요구 등 낯선 상황을 처리하는 데에 면역력이 없었고, 나의 연인은 그걸 이해하고 앞장서는 사람이었다. 앞에 선 몸이 사라지니 세상이 내 앞으로 우르르 쏟아졌다. 나는 사람에게 데고 면박을 받고 기쁜 일, 억울한 일을 겪으면서 사회를 익혀나갔다. 졸린 눈을 비비면서 출근을 하고 싸울 일이 생기면 언성을 높이고 싸웠다. 살려고 보니 내 몸이 세상 앞으로 나가 있었다. 호주머니에 돈이 좀 차서 맛있는 걸 사 먹을 여유가 생겼을 때마다 그에게 미안하고 고마운 마음이 들었다. 수년간 그의 호의들과 살아가고 있었다. 나는 떠나간 그를 놓아주지 못했다. 이제 내 앞에 펼쳐진 두려움 앞에서 그와 작별해야 하는 때가 온 것이었다.

촬영이 끝나고 숙소에 돌아와서 그에게 편지를 썼다. 두려운 마음이 드니 여전히 생각난다고, 오래 미안하고 고마웠다고. 미련 묻은 이야기를 끊지 못하고 길게 썼다. 한국에 돌아오자마자 그 편지를 그에게 보냈다. 홍콩에서 이런 사사로운 감정에 빠져 있는 걸 이상하게 생각하고 있었는데, 선배 사진가가 다가와서 자기가 좋아하는 사진작가 이야기를 공유해주었다. 레이몽 드파르동Raymond Depardon이라는 사진가가 사랑하는 이에게 거절당하고 레바논 베이루트와 아프간에 가서 사진을 찍고 여행록을 적었다고. 여행록에는 거친 이미지와 사적인 소회가 한데 섞여 있다고 했다. 나는 그 말이 이곳에서 사진을 찍는 것에 거창한 사명을 찾으려 하지 말고 있는 그대로, 내가 생긴 대로 사진을 찍어보라는 조언처럼 들렸다. 그 말을 들은 이후로 더는 그곳에 있는 시간이 껄끄럽게 여겨지지 않았다.

나는 매사 기류를 느끼고 사랑을 두려움의 대응책처럼 여기며 살아오지 않았나. 시위가 있는 시간에는 시위 현장에서 사진을 찍었고 나머지 시간에는 도시를 돌아다니면서 사진을 찍었다. 도시 곳곳에 삶을 지탱하려는, 일상의 모습이 그대로 있었다. 내 인스타그램에 홍콩에서의 사진들을 게시하니 나와 연령대가 비슷한 홍콩인, 다른 나라에 있는 홍콩인들이 내게 연락을 보내오기 시작했다. 나는 그들과 이야기하면서 내가 알 수 없는 홍콩에 대해서 알아갔고 그들은 자신의 신분을 노출 시키는 걸 두려워하면서도 꼭 자신의 이야기를 멀리 내보내달라고 했다. 나는 그들의 홍콩, 그들이 홍콩에게 쓰는 편지를 모았다. 그 안에서 그들이 홍콩을 얼마나 아끼는지 알 수 있었다. 국가와 체제로써는 불안하게 여겼지만, 그들은 사람을 믿었다. 자신들만이 갖고 있는 독립의 정신과 가치를 신뢰하는 모습이었다.

내가 홍콩에 도착한 순간부터 지금까지. 홍콩의 상황은 점점 더 밝은 전망을 내놓기가 어렵다. 2019년에 시작된 시위가 길어지면서 많은 사상자가 생겨났고 도시에는 이루 말할 수 없는 분노와 피로가 푹 퍼졌다. 홍콩은 시위의 잔열로 계속해서 싸웠으나 2020년 6월 30일, 중국은 홍콩의 마지막 불씨를 지르밟듯이 전국인민대표회의를 통해 홍콩 국가보안법을 통과시켰다. 국가보안법 시행 이후 홍콩 민주화 운동을 이끌었던 운동가들이 다수 체포되었고 올해 2월은 정치인과 민주화 운동가 47명을 기소한 국가보안법 재판이 시작됐다. 많은 홍콩인이 홍콩을 떠났다. 그럼에도 나는 홍콩에서 멀리 떨어진 이 자리에서 내가 본 장면들의 힘을 느끼고 있다. 비관이 나의 것이 아닌 것처럼 느껴진다. 홍콩은 예전으로 돌아갈 수 없다. 저항과 자긍을 느끼기 이전으로 돌아갈 수 없다. 이건 굉장히 복합적인 의미를 담고 있다.

내가 한국으로 돌아오기 전, 마지막으로 참여한 시위는 2019년 12월 8일 홍콩섬 시내에서 있었던 행진 시위였다. 80만 명에 달하는 시민들이 거리로 나와 다섯 가지 요구 사항을 끊임없이 외쳤다. '송환법 공식 철회. 경찰의 강경 진압에 대한 독립적인 조사. 시위대를 폭도로 규정한 것에 대한 철회. 체포된 시위 참여자에 조건 없는 석방 및 불기소. 행정장관 직선제 실시.' 내가 본 중에 가장 많은 사람과 가장 많은 수의 우산, 가장 커다란 외침이었다. 물길로 보이는 그 모습을 잘 찍기 위해 육교 난간에 올라서는데 옆자리의 홍콩인 할아버지가 내게 손을 뻗었다. 그는 웃으며 내 손을 단단히 잡아주었다. 더는 낯설지 않은 구호와 노래를 몸으로 껴안고 나는 숨을 꾹 참으며 사진을 찍었다.

내가 한없이 작고 나를 감싼 것이 하염없이 클 때

내게서 떨어지지 않는 건 우울이었다. 오래도록 쌓인 우울은 내 몸의 장기처럼 자리를 차지하고 있었다. 비장 어디쯤에 있는 듯했고 상태에 따라 공간 지각 능력에 많은 영향을 끼쳤다. 여섯 살 무렵, 깜깜한 집 안에서 세일러문을 연속 방영하게 해달라고 텔레비전을 향해 무릎 꿇고 기도한 적이 있다. 사람 대신 존재하지 않는 세계에 의지했고 그 시간이 끝나지 않기를 바랐다. 텔레비전이 내뿜는 빛이 분절적으로 깜빡였다. 달구어진 텔레비전이 꺼지면 암흑이 찾아왔다. 내가 한없이 작고 나를 감싼 암흑은 하염없이 컸다. 평평한 집에 서 있는데 나는 움푹 꺼진 곳에 자꾸만 빠져드는 느낌이었다. 밑으로 계속, 계속…….

나는 침대 밑에 자주 숨었다. 누군가에게 발견되고 싶은 마음도 있고 좁은 틈에 있으면 내가 움푹 꺼졌다는 걸 잊을 수 있었기 때문이었다. 움푹 꺼진 나는 점

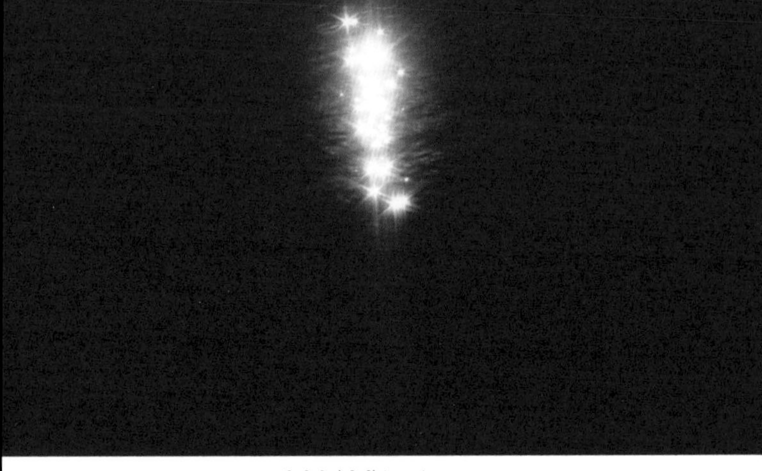

황예지, 〈여명〉(2022)

점 사람들과 눈높이가 맞지 않았다. 어렸을 때는 작다는 이유로 피해 갈 수 있었지만, 시간이 흐를수록 그 시차는 불화의 요인이 되었다. 내가 서 있는 곳을 설명할 재간이 없어 현관문을 나서면 만화에서 본 엉뚱함과 명랑함을 연기했다. 단번에 인기를 얻는 인물이면서 금세 인기가 동이 나버리고 의아한 인물이었다. 천진하고 사악한 아이들에게 내 이야기를 순순히 나눌 수는 없었다. *있잖아, 집이 조용해. 나는 예민해서 사랑하는 이들의 불안을 내게 복사해. 그들의 불안이 내게 이만큼이나 쌓였어…*. 진실하지 않으니 무리에서 쫓겨나는 건 당연했다.

갈 곳을 잃은 말은 마음에 쌓여 무게를 만들었고 나는 점점 더 움푹 꺼진 곳으로 내려갔다. 고층에 사는 내가 창문 난간에 잠시 앉아 있었던 날이 있다. 모니터에 마지막 편지에 가까운 말을 적어놓기까지 했는데 사뿐히 뛰어내리지 못했다. 아마 지금 읽어보면 궤변일 텐데 난간에서 내려와 엑스 버튼을 눌러 다행일지도 모른다. 열여덟, 서른……. 어느 기점으로 죽음을 미뤘고 그 이후부터는 죽고 싶다는 생각을 소지품처럼 들고 다녔다. 아빠와 등산을 하면서, 친구들과 여행을 하면서도, 연인과 맛있는 식사를 하면서도 나는 추락

황예지, 〈벗〉(2022)

하는 상상을 하고 있었다. 그 끝이 찝찝하면 목을 조르는 상상을, 그게 아니라면 과도를 꺼내 손목을 긋는 상상을 연이어 계속, 계속……. 우리는 같은 곳에 있지 않았다.

모든 게 제자리를 찾아갈 때 크게 앓았다. 가족이 가족 같아지려고 할 때, 새로운 얼굴이 사랑이라고 다가올 때. 버티는 건 차라리 쉬웠는데 힘을 풀고 난 뒤에 해야 하는 수습이 곤혹스러웠다. 죽고 싶다는 상상이 김이 펄펄 날만큼 달궈졌고 정지 버튼은 이미 사라지고 없었다. 몇 푼 없는 돈으로 병원을 내원할지, 먼 곳으로 떠날지 고민했다. 내 통증을 얕잡아보는 편이라 그때도 병원은 가지 않았다. 비행기 티켓을 끊고 아무 연고도 없는 섬에 갔다. 바다를 보면 큰 해방감이 찾아올 걸 기대했는데 푸른 바다가 공포스럽게 느껴졌다. 자그마한 섬들이 날이 선 짐승의 형상이 되어 나를 경계하고 있는 듯했다. 그 어느 날의 암흑처럼 푸른색이 나를 삼키고 있었다. 바다를 보고 울었고 바다 앞 조야한 가게에서 밥을 먹으면서 울었다. 얼마 지나지 않아 포기하는 마음으로 집으로 향하는 비행기를 탔다.

죽고 싶다는 마음의 외피를 까보니 사랑이 있었다. 걱정 없이 사랑받고 싶다는 마음과 겁 없이 사랑하고 싶다는 마음이 있었다. 내가 사랑하기로 한 사람들과 같은 시간대에, 같은 장소에 절절하게 있고 싶었다. 나의 이런 충동을 질병으로 인정하기로 하고 상담을 시작했다. 일 년이 넘는 기간 동안 낯선 사람에게 내 이야기를 바느질하듯 이어나갔다. 내가 잊고 지낸 시간이 깨어났고 이야기와 이야기가 이어지면서 복원되는 내 모습이 있었다. 내가 가리려고 애쓴, 움푹 꺼진 곳도 해설이 가능한 장소였다. 옅은 회색이 깔린 초겨울의 숲이다. 얇은 나뭇가지들이 엮여 가지런하지 못하다. 해가 완전히 저물기 전이다. 아무도 없거나 나만 있고 중앙에 습도가 낮은 흙 사이에 어린 내가 웅크리고 있다.

그곳에 있는 어린 나를 잠들지 않도록 깨워야 했고 현재로 이송해야 했다. 그 과정에서는 나뿐만 아니라 내 장면에 담긴 사람들의 도움이 필요했다. 사람들에게 회색 숲을 내보이고 이곳에 와달라고 요청했다. 감정의 경로를 이해하지 않으려 해서 사람들에게 화를 내야 할 때도 있었고 다정한 걸음에 울컥할 때도 있었다. 어린 내가 가까스로 현재에 전해졌다. 나는 이 아이를 돌보아야 하고 지켜야 하는 유일한 매개자이자 보호자다. 어린아이를 본 순간 스스로를 해하지 않겠다는 서약을 했다. 우리가 같은 곳에 있으니까.

어린 나와 벗이 되고 보내는 첫 여름이었다. 덜 닦인 안경을 쓴 것처럼 부옇게 보이던 외부가 깨끗해졌다. 높은 채도들이 눈에 들어왔다. 내 기억 팔레트에 초록색, 주황색, 파란색이 진하게 담겼다. 사랑하는 사람들과 깊은 바닷속에 풍덩 빠졌다. 몸에 힘을 빼니 더는 가라앉지 않았다.

엉성한 출구

책을 내지 않으려고 얼마나 열심히 도망을 다녔는지 모르겠다. 거절에 능숙하지 않았던 나는 준비가 안 됐다고 에둘러서 말했고, 유보와 거절 그 사이에 민망한 대화만 길게 늘어졌다. 사진과 글을 제 몸 아니, 적어도 이불 정도로 생각하고 꼭 끼고 살았으면서 왜 이렇게 책 내는 것에 부담감을 느꼈던 걸까. 말한 뒤로는 비밀이 더는 비밀이 아닌 것처럼. 적고 찍고 내뱉으면 딱히 내 이야기라고 느끼지 않으며, 내 결과물과 크게 애착 관계를 만들지 않는 편인지라 내가 다루는 내용에 대한 부담은 없었다. 남들이 궁금해하고 의아해하는 것에 비해 나는 내가 겪은 남루한 이야기를 작업으로 묘사하고 난 뒤 앓는 일은 없었다. 작업 과정에서 나 자신을 가장 엄격하게 대하기에 흔들림이 적었던 걸 수도 있겠다.

내가 마음이 걸리는 건 글이 진실에 닻을 내리는

힘을 품었다는 인상 때문이었다. 사진은 시각에서 지각으로 넘어가는 순간에 생기는 여백, 기계에 대한 과신 혹은 불신 때문이라도 제 나름대로의 해석이 생길 틈이 풍부하다. 어찌 보면 무책임할 수 있는 은밀한 구석이 많다는 건데, 그에 반해 글은 그 제조 과정이 무척 투명해 보였다. 글에서도 중간 계조를 만들고 의례적인 이음에 빗나가 자신만의 글쓰기가 가능하다는 걸 알지만, 왠지 그럼에도 글은 나에게 진실의 도구 같았다. 백색 용지 앞에 앉으면 진술을 해야 할 것 같았다. 내가 담은 글들이 그대로 진실이기를 바랐다.

첫 책이라는 시공간에서 나는 줄 연기에 대해 줄줄 이야기하는 애연가였다. 또, 가족이 흩어지는 과정을 내내 유연하게 쓴 다음 엄마와 아빠가 다시 함께할 일이 없으리라고 명료한 방점을 찍었다. 그런데 지금 나는 내가 태운 담배의 개수를 까마득하게 잊은 굳건한 금연자가 되었으며 엄마, 아빠는 큰 침대에서 서로 뒤엉킨 채로 쿨쿨 잠을 잔다. 글이 여러 겹 쌓인 지금에야 나는 글쓰기가 내 안의 착오를 발견하며 번복하는 일이란 걸, 내가 짐작도 못하는 우연을 껴안는 일이란 걸 알게 됐다. 기록은 쌓고 무너트리면서 점진적인 힘을 갖는, 경로를 벗어나더라도 발을 내딛는 일. 그 내딛음이 진실일 거다.

내가 내뱉은 말을 미워한 일이 많았다. 미움은 서서히 퍼져 내가 만들어나가는 기록을 믿지 못하는 습관을 만들었다. 과거에 엎질러진 말은 헝겊을 들고 문지를 수도, 말을 들은 한 사람에게서 다시 앗아올 수도 없다. 더는 당신과 함께할 수 없겠다는 결연한 말, 한평생 증오했다는 말, 힐난한 말… 그런 말들. 감정에 휩싸인 채 내뱉은 말은 옅은 화상처럼 나를 아프게 한다. 나는 그런 말을 자책하면서 또 한 편으로는 거듭 수정해 나가는 나를 발견한다. '나'라는 이 엉성한 언어의 출구는 눈감는 그날까지 정비가 필요할 터이다. 나를 한 사람으로 온전하게 사랑할 수는 없겠지만, 나는 이 수정을 사랑하고 격려할 수 있지 않을까.

자책은 쉬운 결론이기에 나는 행패 부린 내 말을 목 끝까지 밀어 넣고 재고한다. 때늦은 사과, 김빠진 푸념, 작업으로 바뀌어 이것들은 다시 밖으로 나온다. 머리를 잡아 뜯다가 자세를 고쳐 앉고 책에 넣을 원고를 쓴다. 우리가 나의, 타인의 엉성한 말을 몇 번씩 껴안을 수 있는 인격체라는 걸 믿으면서.

맺음말

중요하게 여기는 날마다 비가 내립니다. 책을 갈무리하고 이 글을 쓰는 지금도 어김없이 비가 내리고 있습니다. 글을 쓰면 탄로 나는 기분이 들어 첫 책을 내고는 책을 다시 쓰지 않겠다고 마음먹었습니다. 그 마음이 조금 더 단정하게, 잘하고 싶다는 마음이었다는 사실을 두 번째 책을 정리하며 깨닫습니다. 어제는 잠을 무척 설쳤습니다. 빗소리가 유독 우악스럽게 느껴지는 밤이었습니다 . 자세를 이렇게도 해보고 저렇게도 해보고. 뒤척이다 동이 틀 때쯤에 겨우 잠들었습니다. 이 책도 그렇게 써지지 않았나 생각합니다. 어찌할 수 없는 시간과 제가 한 선택 사이에서 깊게 뒤척였습니다. 하루는 사진을 쥐고, 하루는 감정과 관계를 덧대며 혼란을 헤아렸습니다.

잠이 오지 않는 밤. 숨소리에 집중하면 진정된다는 걸 알게 된 밤이 있습니다. 들이마시는 숨, 내쉬는 숨. 그 경로에만 집중하면 지치더라도 잠들 수 있었습니다. 숨-살아감을 받아들이는 건 제게 무엇보다 고된 일이었지만, 지금은 기꺼이 제가 가진 '사진, 감정, 관계' 라는 돋보기를 들고 저와 외부를 바라보며 생에 임하고 있습니다.

이 책은 그 흔적입니다.

이 책에는 사진과 글이 있습니다. 또, 많은 이들이
책 속에 살고 있습니다. 용감하게 사랑을 회복하는 가족들.
푸른색을 선명하게 하는 정현엽. 명랑한 목소리를
가진 최현지, 그 옆을 지키는 심우빈. 소소한 시간에 늘 옆에
있는 윤혜림, 김현지. 언제든 같이 떠날 수 있는 강경모,
박현성, 채단비. 평범함을 미덕 삼아 성실하게 살아가는
김민주, 조재연. 삶의 모델을 가르쳐주는 김다은.
책 속의 '다음 날'을 함께 한 전인. 얕게 뜬 눈으로 적확히
바라보는 김예솔비. 사진과 글의 깊이를 알려주는 스승들.
피로한 얼굴로 뜨겁게 일깨워주는 사진가 동료들.
가게 문을 열고 아날로그를 수호하는 충무로 실장님들.
농담하기를 좋아하는 학생들. 풋내 나는 우울을 바라봐준
지난 연인들. 시끄러운 친구들과 사뭇 멀어진 친구들.
제가 삶에 뒤척일 때마다 묵묵히 옆에 있어준 사람들입니다.

이들의 너른 품이 없었더라면 지을 수 없는 책이었습니다.
그들에게 감사를 전합니다.
책이라는 기회를 주신 아침달 출판사와 서윤후 편집자님,
저의 사유를 넓히고 책에 사진을 흔쾌히 포개어주신
노순택, 홍진훤, 먼 곳의 멜라니 보나요 작가님에게도
큰 감사를 전합니다.

충만히 바라보고 어떤 결과물로 돌아오겠습니다.
우리가 또 만날 수 있기를 고대합니다.

2023년 9월

황예지

2011.11.11.~2023.8.12.
나의 거대 고양이 치즈를 기리며

모든 시간을 지나올 수 있었던 건 네 덕분이야.
온 힘 다해 남기고 간 너의 마지막 포옹을 잊지 않을 거야.

아릿한 포옹

1판 1쇄 펴냄 2023년 9월 20일

지은이 황예지
편집 서윤후, 송승언
디자인 정유경, 한유미

펴낸곳 아침달
펴낸이 손문경
출판등록 제2013-000289호
주소 03980 서울시 마포구 성미산로 153-16, 2층
전화 02-3446-5238
팩스 02-3446-5208
전자우편 achimdalbooks@gmail.com

ISBN 979-11-89467-89-0 02810

* 책값은 뒤표지에 있습니다.